U0053885

方集出版社

語文競賽系列叢書02　洪傳宗 主編

閩南語演說

──實戰寶典──

洪傳宗
胡蕙文
著

專業必備
閩南語演說工具書
名師推薦

演說金牌推手　洪傳宗、胡蕙文 著

陳光憲｜德明財經科技大學前校長，中華學術文教基金會董事──── 推薦
張秉庸｜崇德學院人事暨行政主任──────────────── 推薦
洪國財｜情報局勤務大隊前副大隊長──────────────── 推薦
謝應珠｜新北市毛織工會前理事──────────────── 推薦

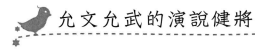

允文允武的演說健將

　　我所認識的洪傳宗，是一位傑出、愛國、愛家、熱愛鄉土語言的現代青年。

　　他長年追隨我研究閩南語的語文藝術，參加閩南語演說比賽，寫作閩南語小說、散文與新詩，並且推廣、培訓後起之秀，不遺餘力。

　　洪傳宗自國中階段便開始從事華語文學創作，作品常見於報章詩刊，對於演說、朗讀等口語傳播亦有佳作，生涯提攜後進不落人後，公務之餘仍不忘國學傳揚，對本土語言的推廣工作更識為己務，參加全國語文競賽於民國99年獲獎後遭禁賽，也獲第1屆社大盃社會組語文競賽閩南語演說第1名的佳績。期間又於民國97、99年分獲教育部第1、2屆臺灣閩客語文學獎閩南語小說戲劇類（所著閩南語小說全心獲選為年度最有戲劇張力的小說並記載於97年臺灣文學年鑑）、閩南語散文類兩大獎項，2013年再獲苗栗縣第16屆夢花文學獎母語文學組散文獎之成績，閩南語詩作亦於海翁臺語文學雜誌發表，除對閩南語的身體力行與潛心創作，自民國100年起更分於基隆市安樂區、苗栗縣後龍鎮的社區與老人會等集

會所擔任區域性本土語言推廣志工迄今，並自民國100年起獲聘擔任臺北市、基隆市、新竹縣等縣市本土語言閩南語演說組評審委員，更獲聘為臺北市、基隆市、苗栗縣等縣市全國語文競賽集訓指導老師，所領導的閩南語動態演說、朗讀指導團隊更創下歷年來多項的佳績。傳宗本身除持續推廣本土語言、保存閩南語俗諺並發揚閩南語特色，也以自身實踐、教學傳承為目標，近來更著手與張正男教授的得意弟子胡蕙文老師合作著作出版《閩南語演說實戰寶典》乙書，必能就多年選手、評判委員、指導老師等不同角度提供意見，成為後進一窺閩南語的多元多變之捷徑。

他投身軍旅23年，熱愛家國，傳揚鄉土語言及寫作推廣，具有卓越奉獻，個人擔任德明商專校長12年期間，年年參與並擔任其輔導教授，深知洪傳宗具有快樂傻瓜、默默奉獻之美德，特樂意推薦。

陳光憲 序於臺北市明水寓所 107 年 01 月

現任臺北市議會最高顧問、德明科技大學講座教授；全國語文競賽評判委員，曾任臺北市立教育大學副校長、應用語言文學研究所所長、德明財經科技大學前校長。

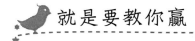

就是要教你贏

　　拜讀完傳宗兄傳來的稿子，勾引起深蟄我心中深深的回憶，那些年我們一起征戰的日子，一起於百齡刮垢磨光的時光，一起面對腸枯思竭的困境，一起受困於飯店門外的窘境，一起上風光領獎的盛況。這一切，若非身在其中，實在無法意會。曾為敗北而黯然淚下，曾經表現不佳而搥胸頓足，曾因進入國賽前六而雀躍不已，那歡笑收割的場景，若非苦修苦煉，實在無法實現。

　　得獎之後，我就因為學校責任加重，只擔任校內閩南語選手指導老師，就只能和傳宗老師偶而聯絡，直到半年前，他說已經退休，忙著要出版閩南語比賽相關的書，邀請我為本書寫序。我因多年征戰情誼，不加思索立刻應允，才有幸共襄盛舉。洪老師一直是我學習的對象，他有幾點是我一輩子也無法跟上的。首先，是他的幽默感，信手拈來，皆成妙語，他在的場合總是笑聲連連；其次，是他的反應能力，膽識大，思辨能力異乎常人，能隨境應機，能見風轉舵，能遇人變題，若非常年歷經險境磨鍊，大處著眼，小處著手，實

在無法登此境界。最後是他的態度，豐富的知識自然不在話下，他的敬業態度、處事態度、與人應對態度，是少人能與之並駕齊驅。親切的態度，上自校長，下至工友，莫不敬愛有加。他圓融十方，他八面玲瓏，是我之友朋中獨一無二。相信，母語在他的投入之下，必定遍地開花，結實纍纍，成為母語薪傳中，閃著熠熠光輝的瑰寶。

　　此書，是洪老師與胡老師共同的作品，內容面向完備，清楚地為有意參加國賽選手，指引出一個明確的方向。相信此書一出，將被參加閩南語演說者奉為聖經，也必定是指導閩南語演說老師們的寶典，人人視為準則，奉為圭臬。此書，不但如實記載洪老師爭戰的經驗；鉅細靡遺的將賽前、賽中、賽後注意事項交代的清清楚楚；大自講題分析、撰稿方向、比賽規則。小至評審喜好、選手穿著髮型、走位、表情，無不解說得明明白白。心思縝密，連微小的細節都不放過。難怪名師出高徒，他指導的學生，連戰皆捷，他指導的縣市所向披靡。如今，他沒有保留一步，全盤托出，可見他不是為一己之私，而是著眼於母語傳承，如此胸懷行誼，足以銘於府志之中，流傳後世典範。

母語是我們的根，是祖先智慧的結晶，唯有傳承，才能歷經萬年不衰；唯有教育，才能讓後世子孫穩穩接棒。今日，我有機緣為此書寫序，作為代言，盼讀者能廣為宣說，方不負兩位師者之託，在書本付梓之前，深發感受以序。

歲次戊戌崇德學院人事暨行政主任

張秉庸 謹誌

橫看成嶺側成峰

　　閩南語演說的指導和實作，在這本書裡面，兩位老師將他們多年積累的智慧和經驗濃縮，是非常值得我們去領會的。智慧和經驗，是實踐過程中的心得，是個相對而不是絕對的，我們從「橫看成嶺側成峰」中，發現到了他們倆用心的程度。

　　冬陽豐盛若許，拜讀完傳宗兄的書，金燦的柔光在身上遍佈，此書不止曝曬他閩南語演說生命頂峰的燦佇，也在閩南語蕭蕭蒼涼的氣韻下，堅實的預示著日幕的到來。薄霧中輕巧地撒下情淚，滴滴勻在紙窗，振顫起閩南語演說的山河。宋玉悲秋，在閩南語演說界的迴盪中，捎來關外的一道曙光。

　　做，就對了。只有推窗，一幅橫軸的山水方能來到眼前。秋意飄逸的數筆揮灑出比賽的重軸，語的輕清；而重軸游於輕清中，週遭穿梭，翩翩水面織下巧妙的神韻，讓閱者欣然理會出國賽奪標的契機。

蒙兄垂愛，在長官們紛想為汝著序之時，受命，在靜寂澹遠的秋景中，不見翻飛的大旗，不聞曉角與戰馬嘶鳴，只有傳、舄、帶的筆號，在瑟縮的風景中纏綿繚繞。

　　期待他們倆的書在沁涼的西風中，化身為交響曲的主奏，絢爛出所有參賽者的美好回憶。

情報局勤務大隊前副大隊長

 謹識

文經國之大事，創不朽之盛業

時無分古今，地無分中外，演說這玩意兒總是走在時代的先驅，擔負著潛移默化、鼓舞人心、雞鳴報曉的第一線。

一個人能有機會將自己的感受，藉由語言廣為流佈，也是上天的恩寵。人們有追求表現的天性，即使在不經意中哼一些旋律，或在不經意中手舞足蹈，都屬於自然的表現。對於閩南語演說，那傳宗這些年的努力自不在話下，在我的眼中他早已是個中翹楚。但傳宗總是會告訴我他所追求的是一種藝術的層次，也許他所想要追求的層次就是往顛峰攀登吧。

從詩經、楚辭開始，從荷馬的史詩啟燃，人類在語文領域中耕耘、灌溉，從來沒有停滯過，功不唐捐，代有收穫。正因為語文留下了歷史，傳遞了實用價值，最後對語文的一個較高的層次，將會落實在語文的保存。在晚進的年代裡，我們常常聽到：「閩南語即將失傳。」人們在急於立碑並在碑上留名的世俗中，能見到傳宗與蕙文，仍將之視為使命，力求小我範疇裡的提升、突破，繼而向上攀登的舉動，除了

喝采更要鼓勵。他常說：「演說一方面靠天份，一方面靠努力，還有貴人的提點。」

讓這本書陪著你一起征戰，就算國賽你獨自前往，依然能交出好成績。

如同傳宗與蕙文在書中的叮嚀：「保持快樂的心就能展現你的爆發力，定、靜、安、慮、得，心靈自在就能定下心來，審題不妨審兩次，尤其是以俗諺入題，別忘了展現你的笑容，在陽剛下展現柔情更能打動人心。」

相信老天自有美意的安排。

因為母語最貼近母親的心。

因為母語最傳神表達情感。

新北市毛織工會前理事

謝應珠　謹識於土城

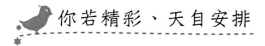
擦亮裝備上戰場。

帶著一整年的驃悍和浪漫。紙筆伴隨滿載資料的背包，承攬著縣市成敗，全都無聲無響的上肩，責任的綬帶凜凜的緄緊下顎。在沒有采聲與祝福的悄悄悄悄中開拔。

征戰路在遼闊的穹野中漫延，連接成一望無盡的山野，年底的全國語文競賽將無數的選手 綴成風情的驛站翛然而來。

敢情，夢中無主，不知身是客。幾度春秋，幾回流落，幾番風雨，一次次歌句撩撥的離別曲，終將喚醒叱吒風雲的從戎曲。

千古的惆悵和菜鳥的青蒼，終被大賽的光澤鎔鑄成堅毅，光明在隔日耀眼的皇冠上嘉勉。

演說取材的泉源有二：

一是來自書本智識的，從前人的作品中，學習各種技巧，擷取精華。

　　一是來自生活體現的，從人生百態之中，觀察世間萬物，反映人生。

　　衷心希望這本書能有一點點的啟發，讓在缺乏資源的您在千巖競秀，萬壑爭流中，光彩閃爍。

主編

茂傳富 謹識

目　錄

推薦序

首部曲

第一章

緣起

2017 年初，受國立政治大學中文系的邀請，擔任該系所「創意——意識創造暨實務」課程的講座；並兼任帶班實地踏勘任務，課程中選修學生自大一到大四分佈在各種不同的系所，學期中分佈在不同系所的同學面對語言表達的課程一再的提供有強烈需求的訊息，更有學生在 6 月 14 到 16 日，結束了期末實作展覽會後表達對下次課程的殷殷期盼。

　　自傳宗任事以來，為舒緩總是給人硬邦邦刻板印象的工作壓力，並承繼以往個人對於文學的喜好，便期許自己每一年選擇一項不同的比賽，來讓自己驗證一年努力的成果，也為來年做好重新出發的準備。民國 96 年 (2007) 隨隊前往全國語文競賽的主辦臺中市，那一年我選擇挑戰的是閩南語演說這個項目。

　　踏進培訓學校，因為第一堂課並未收到承辦人的通知而缺席的我，比別人早了兩個小時來報到，那時的校園已經有了幾個有企圖心的學生組隊友，在我到達後也紛紛自各自的學校趕來，進入教室後習慣性的將門窗及坐椅排列整齊，此時自教室外走進來一個學生家長，劈頭見我就問說你就是上次沒來的洪先生吧？我點頭示意正是本人，不料寒暄兩句後

她問我比賽當天抽到了什麼題目，回答後問我需要多久時間準備？我回說現下就能上場，打著學生階段曾獲得學生組國語演說全國第四名的自信心，我瀟灑的完成了那次的第一類接觸。直到其他選手陸續到來才知道，該名假家長原來是我們的其中一個全國賽的指導老師。

　　培訓過程中課程的編排繁瑣，因是第一年將成績納入全國賽成績計算，所以各縣市都把培訓納入正規比賽的規格；由於成人組內的教師及社會組一起開班，而學生組的國小、國中、高中等三組一起開班，所以會有學生組與成人組各自的指導老師，期初並約好隔週老師互換，然而每個選手總會挑選自己習慣且喜歡的老師，所以一場未比賽先搶人的戲碼便暗自展開，最後演變成固定老師擔任某組的培訓，一直到培訓結束。

　　因為直轄市得派兩位選手參賽，所以成員中即有戰友也是比賽時的對手，在比賽前的培訓中也會有相互鼓勵彼此良性的競爭，然而是不是確實都能如人所願就得視情況而定了。筆者之所以如是說，是在過程中的確發現了許多不為人知的層面，內文所列情況僅供各位參考，如有類似情況還請

別對號入座，否則我就真的是在說你了。全國語文競賽的學生組和成人組的閩南語演說，隨書逐一解析。因學生組的稿件筆者主張量身訂作，是以屆時會另書詳細介紹，另本書文內為便於讀者使用，仍會有多處未按正規閩南語規約用字，尚請各位前輩與老師見諒。

一、轉換跑道的第一個舞台

漫長的國賽前培訓隨著十幾次的課程結束，來到了成果驗收日，各組的培訓老師組成了賽前評審模擬團，展開兩次的模擬賽。為了建立選手們的信心且因賽事就在眼前，老師們和諧的講評比起培訓時的毒舌，讓人倍感溫馨。

終於到了出發的那一天，一大早所有的人集合上了遊覽車，指導老師所有秘方全都出籠，從潤喉到養聲、從詢問前一天晚上睡的好嗎到臨時的再惡補，畢竟第二天的硬仗可是關係著他們各自的業績呢，終於等到人都到齊了，遊覽車也順利的上了高速公路，所謂臨陣磨槍不利也光，那些認真的選手可不是利用這機會去遊覽觀光的呢。

　　第一天到達會場，漫長的開幕儀式對長途奔波的選手的確是項考驗，參加與否得視選手的情況調整，畢竟第一天的重要大戲還有一項，那就是走位。

　　走位一詞是指選手於比賽前一天可先至隔天要比賽的場地熟悉場地。現行比賽場地分左進與右進，視主辦單位排定，會公告於選手手冊中，特別提醒的是規則中有提到，所有預先公告的規則若與選手手冊有牴觸，則以選手手冊公告為主。所以選手於報到時通常會由各縣市承辦人統一報到，選手到各縣市休息區領取大會紀念品外，選手證為隔日換取比賽證之依據；另一個重點就是選手手冊，選手拿到選手手冊後必要詳加研讀，並將內文中重要部分摘出，若有疑問立即發問，讓各縣市領隊於賽前最後一次領隊會議中提出，如無其他事項應立即往比賽場地集中。

　　所謂「往比賽場地集中」乃是走位時各縣市選手短兵相接的時刻。為免初試啼聲的選手為浩大的國賽場面嚇到，建議能夠團隊一起走位。以某年國賽為例，筆者曾親眼目睹某組選手陪同走位者四十餘人，倘若年輕比賽選手見狀，與自身無人陪伴相比，冷暖立見。當天比賽都是各縣市首選，但

除了縣市的第一,人氣指數也是一絕。每一年的比賽規定一再修訂,以 105 年為例,曾發生選手要求撤掉教室內木質講台的情況。經大會決定撤掉後,許多已先走位的選手已經離開,所以根本未能在場地沒講台的情況下練習走位,是否對選手造成影響因人而異,如若你是會受到影響的,那麼還是多等一會,並積極的詢問是否能有重新走位的可能,像 105 年的國賽主辦單位,就有酌情給予時間。

 場勘三部曲

🐦 位置

座位

確定明日比賽自己的座位,選手手冊內有各選手位置分配圖,依自己的位置衡量所攜帶的物品數量,確認位置進出便利性,確認座位椅子是否牢固?切莫等到第二天更換影響比賽心情。要確認自己的位置到抽題處的動線,以及和抽題、計分等工作人員的相對位置。

預備位

預先計算出自身比賽序號，大約會坐在哪個預備席。因現行比賽未規定選手要由前而後坐上預備席，所以以預備席六位而言，七號的位置就是一號選手預備席的位置，前面的選手就預備席後，便可推算出自己預備席的位置，倘若大家依序入座那就更能先期掌握。

進場準備位

自預備席被叫號準備出場後，從容的走到第一位評審老師旁，將所抽到的題目交給第一位評判委員，從容行進，在離半步左右處立正下腰，雙眼微笑，雙手遞送題目紙，可給予親切的微笑，亦可輕聲謝謝評判委員，起身後緩步自信的站上進場準備位的方格內。提神、靜氣、調整自己的呼吸，有的選手會緊張的大口呼吸，恐將會影響到上場時的配速，所以請平日就可自行練習。

就定位

全國賽因為是實況轉播，承包廠商會將定位後調整出最佳轉播機器的角度，選手自進場準備位至定位處應於走位時

測量出步數。若非整數，乃因每個人的步伐不一樣大小，國小組跟成人組尤其差距甚大，先行量測後決定以墊步或滑步方式進場，至於以何方式最美最有自信，也關係到比賽者的心情。進場後於準備位上調整好心情之後，筆者的習慣是會回首看一下場上的參賽者，給個微笑輕點頭；看看評判委員，也是示意我要上場了，同時能夠確認評判委員已打完上一位選手的成績，眾人放下手邊工作靜待你的演說，此刻前行到定位後轉向正面，待就定位後再行下一個動作。

演說完成就定位

演說是左上左下、右上右下，所以你從哪邊上去就是循原路返回，至預備位拿回資料後就可回座位。

試音

每位選手的音量大小與音質都不同，除調整自身聲音的大小，外走位時還有一個重點，那就是空間的大小會影響到場地的回音，有些比賽因為要取得那麼大的比賽場實屬不易，所以所有的教室都得成為場地，選手得利用走位時機試出最佳音效，筆者擔任評審時，曾有因選手音量太小內容有

大半無法順利收聽，所以特別提醒。

試膽

　　比賽其實不是第二天才開始，因為從各縣市出發，若是到比較遠的縣市，途中用餐時便會巧遇其他縣市的代表隊。人們常說一日不練自己知道，兩日未練專家知道，三日未練全世界都知道，尤其是年紀小的選手，一下子面對廣大的國賽孩子還沒上場就嚇壞了。市賽時打敗了自家縣市的選手，但國賽時面對的是各縣市的第一名，其震撼教育可想而知。有些縣市選手為了避免賽前感冒，還會全程帶著口罩，直到上場當天才摘下。另外，讓選手在事前先看過前幾年比賽的帶子，有助於掌握敵情外也能擇優學習。某次我帶領的高中生國賽選手 A 生，因其曾獲國賽閩南語演說國中組全國第一，走位當天 A 生遭其他縣市選手認出，並設為爭冠假想敵，導致 A 生表現失常。筆者自身的經驗是，在國賽走位時某位其他縣市的選手見到我，先是禮貌的行禮說：「洪老師您的帶子我們都看過了，都快成為國賽的示範帶了。」我開懷的回答說，那老師明天就要好好的驗收一下。該員無趣

的走了，雖是陳年往事但倒是能成為選手們很好的教材。筆者自學生時期有幸歷練學校司儀、大隊指揮，於任事後歷練閱兵指揮官，能淡視當下狀況之能力亦為歷練所得。突發狀況對於涉世未深的學生選手而言更加不易，賽前千變萬化狀況百出，全賴帶隊老師隨機應變，方能獲得最好的結果。

走位當天團體成員建議團進團出。筆者於國賽時曾發生因賽事場地就在隔壁縣市，隊友因家住比鄰，堅持當日自行前往，不料當日因車潮而延誤了報到時間，就那兩分鐘遭到取消資格。他這樣非但連最後一名還能加的那一分都沒有拿到，還給人留下了無法信任的不安感，對爾後的參賽權也留下了變數。比賽當天紛亂，能先找到當天穩住軍心的場地，有助於掌握賽前的練習狀態，成敗立見。

二、縣市比賽的老二哲學

做人莫要強出頭，那演說比賽要高調還是低調？筆者認為當然是要高調了，否則還要比賽嗎？直轄市的規範是每個單項得派出兩位選手，那麼不管是第一或第二，分南北區的

就得各區的第一，所以應掌握好狀況，如果是不分區的，那第一跟第二都相同具有代表權。曾有縣市的選手每次市賽某甲都是第一，某乙都是第二，但甲就覺得奇怪為何國賽的名次下來乙都在甲的排名前。

乙知道自己輸了這一場，得要好好努力以赴才有機會勝出，自然花了更多的時間去練習，也花更多時間去找出自己的缺點，發現別人的優點。筆者還是學生時，有兩個很好的朋友，在一次校內的演講比賽中，曾獲全國賽第一名的女同學和同場以激烈演說方式的男同學並列第一名。那場比賽我的兩個好朋友用一剛一柔的方式都拿下了第一，我雖輸了比賽卻參與了那樣的一場盛會，對演說的我，的確是開了眼界。第二並不可恥，能從經驗中擬定自我的目標然後向前，才能為未來開啟無限的可能。面對自己的結果虛心檢討，比虛名來的珍貴。

三、喜與悲編織而成的國賽名次

 初試啼聲

96 年 (2007) 的國賽前夕，餐會上大家因為教師組的某位老師感冒擔心影響自己隔天的成績落淚，自餐會開始前一堆人便輪流安慰那位老師。雖然我們當天晚上住的是臺中地區高級的星級飯店，縣市也貼心的讓選手兩個人住四人房以求能夠讓選手舒適的休息，讓隔天所有的選手都能睡飽上國賽的賽場，然而筆者與另一位教師組的老師，卻在星級的飯店裡遇到了奇遇，我倆竟被反鎖在門外，空有鑰匙也打不開房門。我永遠記得那個連飯店高層也無法解決的開門事件，一個半小時後，我所認識的那個教師組戰友當著我的面竟跟門有了對話，「門啊門，你再不開我要生氣了喔，你再不開我真的要生氣了喔！」，在折騰了兩個多小時，經理再次嘗試開門，門竟神奇的開了。但因該飯店當天客滿所以無法為我們換房，只得要求我倆必須保持一個人在房內以免又打不開。那真是很特別的一場體驗。

　　隔天的慶功餐宴中，因為我們閩南語這組的演說跟朗讀全員槓龜，獲得第八名的我已算是最佳的成績了，當下我成了安慰所有人的尖兵。回程中誰也不敢提起一點點跟比賽有關的事。這事讓我在之後擔任指導老師面對高中的選手比賽失利後，打電話給我說要輕生有很大的啟發。一場比賽的震撼之大，有時讓人始料未及。

無心插柳的續集

　　一通電話，改變了我不重複參加同一項比賽的規劃。這通電話的請託讓我比別的選手早一整年的時間開始準備比賽——隔年的比賽。不巧的是，我當年除逢喪祖父之痛，隔年更送走了揮手人世的母親，工作上被委以重任接下首府汽車隊長的要職，除要負責所有首長的車輛人員派遣工作，更要隨傳隨到，最後我乾脆就直接睡在職舍，每天聽著閩南語演說朗讀的帶子入睡。

　　那一年還發生了一件重要的事，就是教育部舉辦了第一屆的母語文學獎，有位指導老師在傳遞訊息的過程中和我約在車站要討論參賽事宜。因為該名老師遲到，因此我在等候他的過

程中，在車站的大廳裡隨手寫了閩南語的小說＜仝心＞，竟在那年拿下了第一屆母語文學獎小說戲劇獎，該篇不只獲獎還被收納入臺灣文學年鑑，評為當年度最具爭議及戲劇張力的小說。一整年我都浸淫在閩南語的浩瀚中，也順利的取得了國賽的代表權，並在國賽中摘下了全國第四的名次。那一年國賽的第五名是彰化地區有名的閩南語電台的主持人，他對於我一個外省第三代竟能說能寫閩南語感到驚奇，也曾多次的邀約，希望我能到電台接受訪問，礙於身份特殊最後才作罷。原想該是畫下完美句點的時候，適逢工作上再受長官拔擢奉派接任駐外代表，在外的生活亦將閩南語相關暫拋腦後，不料在返臺休假的一通電話又讓我改變了命運。某一指導老師再次來電話極力邀請我再披戰袍。我擔心駐外工作回來時縣市報名會來不及，他向我保證只要趕在比賽前回來一定能比縣市賽，而我當下竟也爽快的放棄了優渥的薪水返臺效力。然而天不從人願，回到臺灣已是報名截止日的隔天，我也乖乖的面對了比賽的規則未搭上當年的市賽列車，一下子我由選手的身份轉變成輔助選手的無薪助教。那年我的散文＜細漢姑仔＞獲得了第二屆母語文學獎閩南語的散文獎。我輔助過的選手們的成績也都遍地開花，人手一獎，為來年奠下了基礎。成功不必在我，誰說辦不到。

四、盛名所累面對壓力的自我調適

風雨中的冷暖

　　轉眼又是一年，這一年沉淪在遍地開花的芬芳中，我給自己的期許未曾減少過，來年如期完成了報名也一舉奪得了參賽權，並且認份的幫忙數據化全國賽各縣市選手的資料，並低調的默默的做著。也許是前一年的光環太亮，那一年老師們的壓力全都反映在選手的身上，開始有人計較上場練習的次數，也有人開始覺得誰誰是不是藏私的耳語，鑑於前一年生態的改變我只能照著自己的進度安分的練習。

五、蓄勢再發順勢攻頂

　　還記得國賽當天，我的指導老師因家中有事未能陪我們到國賽場地，比賽完的第一時間我接到了他的詢問電話，我自覺自己尚能表現的更完美，所以對著電話那頭回了「我覺得表現的不好」，被指導老師突兀掛電話的我，沮喪地呆站

在比賽校區的大門前。

那個下午我一個人在皇榜下等待，直到我的名字出現在皇榜上，我的眼淚第一時間掉了下來。我獲得了一個大大的擁抱，指導老師一句「我就知道你行」比對他之前的話語，讓我百感交加。促使我在之後擔任指導老師時，總會陪伴著學生一同走到最後。那一年，獲獎的比例大幅下滑，我也因為被禁賽而開啟了另外一段旅程。

按：禁賽：全國語文競賽有規定，為了防範單一選手一再參賽佔名額，所以國賽中獲得第一名，或五年內二次獲得第二名到第六名的選手，依規定需被「禁賽」。這個規定是怕各縣市只派單一選手，就失去了推廣語文的意義。

第二章

退一步海闊天空

在學習的過程中我們總面臨許多的挑戰，有一年正培訓中的某一位選手因為瓶頸無法突破，在培訓的場合中如坐針氈，孩子在同儕與指導老師的雙重壓力中掙扎，最後指導老師將其請出了培訓教室，然後示意我「他放棄了」要我處理。

在培訓學校的中央穿堂上，擔心的家長、落淚的青春男孩、加上我，「孩子你甘願嗎？」小孩淚流滿面看著我。孩子旺盛的企圖心讓我看到了學生時期的自己，於是我引導著孩子，我們花比別人更多的時間練習。那一次的全國賽，他雖未拿下前六，卻也讓其他老師跌破眼鏡的奪下第八。我一直都相信，只要肯努力沒有過不了的火焰山。若想有好的成績，那麼我們就一起來探討致勝的方法吧。

一、寫一篇婧氣的演講稿

演說又分兩大類，一類是有稿演說，一類是無稿的「即席演說」。

學生組

　　全國語文競賽閩南語演說學生組即是有稿演說。有稿的演說，通常在演說前就已經字斟句酌地寫好了演說稿，一遍遍的背誦、練習、連音量、手勢、眼神、身體姿態……都可以一再修改到最完美狀態；當然有稿演說也需要指導、也有其竅門所在。

　　全國語文競賽的閩南語演說學生組部分，比賽規則為抽題後準備三十分鐘，隨即上台進行演說；若是演說內容與所抽題目無關，則視同表演，不予計分。這樣的演說比賽方式，在演說類別中，從國小組、國中組、高中組、教育學院組一體適用。

　　閩語類和客語類的國小組、國中組、高中組演說比賽，都是在比賽六個月前就先公布三個題目、教育學院組先公布五個題目，比賽當場從所公布的題目中抽題，選手準備三十分鐘後進行演說。所以，既然公布了題目，參加比賽的選手當然早做準備，精心寫了稿，背了稿子還仔細的修整表情動作手勢姿態，費盡心思。

我們一般人平均每分鐘說話約一百八十字，就算演說的口條為求清晰、放慢了說話速度，每分鐘說話也要一百五十到一百六十字，以五分鐘的演說時間而言，就需要九百字的演說稿。

　　「花若盛開，蝴蝶自來，人若精彩，天自安排。」把一件事講清楚說明白要花多久的時間？多長的篇幅？你會說：事有大小、長短、複雜曲折的轉圜程度，怎能一概而論？事實上，一件事可以簡略的說，也可以複雜的說，端賴你的選擇與時空的允許程度。當你需要仔細描摹的時候，自然會講的深刻入裡、刻劃細微；當這件事只是個襯托的時空背景時，可能三兩句就把一個大時代交代過去了。

　　著眼點很重要，並非一定要把格局放到最大，就像我們常見的攝影鏡頭運用，有時從最小物體的特寫，逐漸拉開距離、慢慢呈現一個物件的輪廓、最後又遠離那物件，標示出那物件所在的位置、環境、地域；最後也許那物件已融入大環境中不可辨別，但，觀眾們都知道它在那裡，因為剛剛看過它的特寫。由小而大，此為其一；也可以反其道而行，由大而小，由最遠的遠景逐漸拉近，最後聚焦在某一物體之

上。運用鏡頭的方式，也就是我們看世界的方式，也是用文字或語言描述事物的方式。

最後對講稿的提醒是：

※適合自己的年齡

　超齡演出，並非佳作

　不成熟的看法，難有共鳴

　前瞻的看，好讓人驚豔

※不矯情造假

　演講稿為個人生活體驗

　真實的人生，才能感動自己，進而感動別人

　精準的數據，讓你的講稿更有力

成人組

　全國語文競賽的閩南語演說教師組與社會組演說部分，比賽方式採即席演說，就是一種無稿演說。比賽規則為抽題後準備三十分鐘，隨即上台進行演說；若是演說內容與所抽題目無關，則視同表演，不予計分。這樣的演說比賽方式，

在社會組及教師組，一體適用。

　　相對而言，無稿即席演說的難度，高於有稿演說，自不在話下。

　　筆者每回擔任即席演說比賽評審，看見抽題目之後振筆疾書的選手，就不免要感嘆：這是努力用錯了方向。

　　試想：我們一般人平均每分鐘說話約一百八十字，就算演說的口條為求清晰、放慢了說話速度，每分鐘說話也要一百五十到一百六十字，以五分鐘的演說時間而言，就需要九百字的演說稿；而書寫的速度絕對趕不上說話的速度，就算整個三十分鐘的準備時間都拿來振筆疾書吧，最多能寫個五百字就是快手達人了。不但書寫速度趕不上需求，也只是事倍功半之舉，因為稿子若真的從頭到尾寫一遍，根本沒有時間記憶、更遑論練習了。寫了稿子的比賽選手，通常上台只能振振有詞地說完一分至一分半鐘，然後就明顯的停頓在當場，不知所措了。事後，我請問了這些「振筆疾書」型的選手，大部分的人表示：寫了內容卻記不完全，一上台就忘了個大半；也有少數選手說他雖然都記得，但是不知怎地，

振筆疾書了滿滿一整頁，講起來不到兩分鐘就講完了。所以，針對即席演說的準備上，寫逐字稿、努力振筆疾書，是不合宜的。

怎樣才是有效率的即席演說準備方式呢？請善用「聯想法」加上「列大綱法」。至於演說大綱的記憶與內容呈現，請善用圖象式思考，也就是畫面模式。

聯想，是創造力的一環。

聯想，乍看之下是天馬行空式的跳躍、甚至無厘頭，其實它是有跡可循的。把聯想的軌跡歷程一一列下，你會發現很多有趣的轉折藏在其中。

舉例來說：「大自然予我的智慧」。針對這一題，可以先從「大自然」開始聯想起，大自然會讓你想到甚麼？我會想到水能載舟、亦能覆舟；天地不仁，以萬物為芻狗；天生萬物必有用；食物鏈、物競天擇、適者生存、不適者演化；天有不測風雲、春花秋月夏日冬雪，一年四時皆有好風景⋯⋯等。

聯想是不受限制的，難免也就沒有系統與結構可言，第一步聯想之後，接下來就要將聯想的主題去蕪存菁，留下一個或兩個想要發揮的主題，其他的聯想只能割愛，暫且不在這次演說中使用。以剛才的聯想而言，我選擇「春花秋月夏日冬雪，一年四時皆有好風景與天生萬物必有用」相結合，描述自然界的四時循環與生物循環，沒有一個環節是不必要的，也沒有一種生物對地球是無所貢獻的；也可以引申為「大自然讓我體認到不必輕看自己，發揮自己的力量也能讓這世界更好」或是：「花若盛開，蝴蝶自來，人若精彩，天自安排。」

　　聯想需要多練習，有些聯想法可以參考。網路搜尋一下，你就會發現許多。聯想通常是擴散性思考，天馬行空的擴散之後，還要統整回來，讓想法呈現出系統的敘述，那是聚斂性思考。擴散性思考與聚斂性思考都很重要，缺一不可，我常遇到的狀況就是擴散之後無法聚斂，成為不知所云、失焦的一段描述。所以，聯想過後要能統整，回來抓住主題發揮，這就是所謂的「扣題」了。

　　訓練自己描述事物的能力，有助於把演說講得更清晰而

讓人如歷其境。

　　一開始的練習，不必要求一定要達到特定長度（如五分鐘），也許你覺得五分鐘沒有甚麼，端看這五分鐘用在哪兒了。玩一小段手遊遊戲五分鐘太短、看一篇言情小說五分鐘只夠看到男女主角相遇、和好朋友聊個八卦隨便也要十分鐘。但是真的要上台講五分鐘演說，當你親身試過，就會發現竟是如此困難。

　　筆者訓練的選手，在一開始練習演說時，常常只能撐到一分半鐘，接下來不是倒帶跳針講重複的東西，就是呆立當場、面紅耳赤不知所措，要不就是早早下台一鞠躬了。

　　細究其原因，不外乎是描述的能力太弱。

　　先練習用語句來描述畫面，練習時需要實際放聲說出來。挑選一張照片，嘗試開始描述它，並且把自己描述的內容錄音起來，回頭再聽過，一邊聽自己的錄音一邊對照著這張照片，多練習幾次，就會發現自己用語言描述畫面的能力大有進境。接著，這個對著具體的照片、圖片做描述的練習，可以轉進成在心理產生一個圖像，然後將之描述出來。所以，當你在講話

的時候，腦海裡是有一個畫面、或一段影像的。根據這個畫面或這段影像來描述，你會發現自己的敘述順序自然就產生了；把大綱（或是故事情節）安排進心裡圖像的那個「畫面」之中，也就不容易忘記接下來要說的順序呢！

再來練習描述事物，可以從講故事開始。講故事，會有情節、有時間順序、也會有畫面。

「萬聖節本來是西洋人過的節日，曾幾何時也風靡了我們現今的社會，現在到了十月的最後一天，街上就會看見一群小蘿蔔頭，裝扮得像卡通人物，出來街上喧鬧一番。」

「頭上戴著皇冠、嘴上裝著獠牙，披上蝙蝠俠的披風，拿著人魚國王的三叉戟，威風凜凜又忍不住要蹦跳雀躍地走在路上，高聲喊著：『不給糖、就搗蛋！』這是每年十月三十一日美國社區中常見的景象，本來該在美國街頭上演的風景，如今竟也在臺灣看見。兩個老師一前一後押著隊伍，隊伍中走著的每個孩子莫不精心裝扮──有人裝鬼怪、有人扮公主、有人臉上塗的烏漆抹黑、有人則畫得嫵媚動人。無論裝扮如何，這些孩子們同樣興奮的雀躍著，沿著小街一路

和商家們討著糖果。雖然那都是美語班老師事先安排好的，大家也樂得配合演出萬聖節嘛！」

以上兩段描述，哪一段比較吸引你？這就是描述畫面的優點了。

 ## 二、好笑神，得人疼

千萬別跟評審裝熟，就算是你真的跟評審很熟，也要當作不熟。但面帶微笑的從容舉止，有助於給人留下美好的印象，在分數上也有得人疼的加分作用。

除了一開頭應有的禮貌道早或問好之外，不要跟評審「話家常」。畢竟場合不對、目的不同，評審也不能真的回應你的寒喧問候或問題，所以，還是把心思放在鋪陳你的演說上吧！

三、縮時演說的影像

平常我們說話聊天時常常語速過快、咬字含混不清，反正對方能夠了解聽懂就好。再者，聊天沒有時間限制，加上漫無目標龐雜的思緒，常使得聊天內容被稀釋再稀釋、話語重點也會不斷改變。

少量的內容，加上無限制的時間，與過快的語速，造成我們平日習慣用語過於雜漫無章，甚至奇怪的語言邏輯或不通順的文法紛紛出籠。這在一般言談中也許可行，但搬上演說台可就過不了關了。

要想修正自己的語音和語病，不是等站上演說台才開始，要從平常改變習慣著手。

別害羞，大方地告訴你周圍親朋好友：你要開始練演說了，請大家幫忙糾正語音和語病。就筆者的經驗而言，絕大部分的人都會樂意幫忙，能挑出你不正的語音和語病，對你身邊的朋友同學而言，是件很有成就感的事呢！

四、從生活對話到演說

演說和談話不同，也不是一般的演講會，一些故作親切的寒暄，只會稀釋了你演說的強度，讓你想要將聽眾帶入某些思維的路徑設下不必要的路障。

所以，演說的中間切忌岔開話題，和大家裝熟寒暄。想一想，你只有五到八分鐘可以影響聽眾，還不好好把握時間，還有空閒去東家長、西家短的繞圈圈嗎？

五、最佳演講稿的誕生

與眾不同的開場與結束：

當每一位選手一上到台上一開口，就是評審對你建立良好印象的關鍵時刻，所以強而有力的開場，除了讓人留下好的印象，更有增加自信、穩定軍心的效果，例如常見的四句聯開場：「今仔日來到貴寶地，參加比賽的人真濟；若問冠軍是誰的，在座的人攏有機會。」不管怎樣的題目都能使用外，也能讓進入場上的前奏能提前準備好。而結論的黃金時

段我將其統稱為黃金30秒，也正是評審要對你評定分數的最後決戰時刻。所以好的開場相當重要且能事先準備好，以減少選手準備內容的壓力。

至於演說稿的佈題方法與舖陳，如何掌握住題目的要旨，使演說內容言而有物，那就是必須要圍繞住題目的中心思想，將思想條理清楚合理的歸納整理使文路分明，如此才能獲得聽眾的認同與獲得評審的青睞。

演說稿必須具備有：

豐富的知識：過去、現在與未來；政治、經濟、教育各方面。

有深度的想法：題目衍生的話題。

強而有力的組織：因果、為什麼與該怎麼做。

即席演說可再加上：

迅速的應變與好的組織架構。

即席演說無法事先預設題目的範圍，但為使組織結構化從筆者多年的比賽與評審經驗，觀察後整理出抽中題目後，可將整個演講內容分為以下幾個段落。

別出心裁的開場

選手可以先將結合區域的開場白事先構思好，必能穩住開場的氣勢，並有助於消除一開始上台的焦慮。

鏗鏘有力的引論

演講的內容就如同構思一篇作文，引論的部分是用以導入主題，所以在破題上要鏗鏘有力，立論的部分要能引導到題目的主旨，此時演講者準備要論述的方向就會明確，如果方向太多，就容易流於雜亂無章法；面向太少，又會讓內文流於見解狹隘的弊端。當中分寸的拿捏又需以演講者內心擁有多少材料作為定奪。

名言錦句法

如能加入大家耳熟能詳的俗諺語，必能增加演說內容的強度，並且能增添內容給人的說服力，例如：《千金買厝萬金買厝邊》這個題目，將「耕田就要有好田園，那買厝就要有好厝邊」這樣的老祖先的俗語，演講者引用了與題目相關

的諺語作為引入題目的破題，就很有說服力。

　　引用名言要注意適切性、更要注意這段名言是否曾經被斷章取義了。如莊子的「吾生也有涯，而知也無涯」被引申為活到老學到老、孜孜不倦的精神；但是原文整句話卻是「吾生也有涯而知也無涯，以有涯隨無涯，殆已！」意思完全不同，莊子在說的是「生命有限而知識無窮，不必用有限的生命一味追求知識，為了求知而求知，就糟了。」

　　引用名言可以從平時養成習慣，練習將一段話用自己的句子說出來，然後去尋找和自己意思貼切的名言，再引用名言，將它放入自己這一段講詞中；如此多練習幾次，就更能適切流利的引用名言在自己的演說語彙中，這樣講起名言佳句，才不會顯得突兀。

　　至於名言佳句如何尋覓？平常多閱讀是最根本的辦法，閱讀之後勤做筆記才能將那些流過眼前的字句攔截下來，並且活用之後才能成為自己的一部分。當然在現今搜尋引擎發達的現在，可以直接搜尋關鍵字「名言佳句」，你會發現跳出千萬筆資料使人目不暇給。但是千萬不能照單全收，還是

需要細細挑選，仔細考據一下；誤用了，就是貽笑大方。

故事法

用實例具有科學的說服力，如果能引用到最新的研究數據則更令人折服，倘若一時之間真找不出相關的數據，也可採用故事，經由故事的敘述增加內容的真實性，人人都愛聽故事，《史記》中最吸引人的篇章就屬「列傳」了，列傳是一篇篇的故事；就連最正統的八股文也講究引經據典、有典有故；說故事、舉例子，會讓你的演說或作文內容更吸引人。

說故事有各種方法，故事內容更是可長可短。三、五句話可以說一個故事，整整一大部長篇小說也是個故事；其中如何拿捏取捨，就是說故事人的功力了。

原則上，大家耳熟能詳的故事，要簡單說。聽眾會自行「腦補」，多說了只是讓人覺得敘述節奏太慢、拖時間而已。

自己親身經歷的小故事，要詳細說。交代清楚自身故事的背景，才能讓聽眾跟著你一起進入故事的情境、被故事吸引。

冷門的奇人軼事，或不為人廣知的感人故事，要注意重點好好說。強調你想說的重點，把故事的聚光燈聚焦在你著重的重點上，才不會讓聽眾混淆了，被故事不相干的枝節擾亂了思緒。

也許你會問：哪來的這麼多故事呀？

一個人的生活也許有限，但是多閱讀、仔細觀察、可以看到別人的故事；拿出你的記事本，把看到、聽到、閱讀到、想到的一一記錄下來，你會發現：原來，我們的身邊多的是故事，只是你沒有發覺而已。若能以臺灣本土的真實故事為論述，那一定相當能引起評審的共鳴。

 破題法

直接破題而且絕對不要拖泥帶水，可以呈現出你的整個論述，讓緊湊的語言有節奏感。「破題法」在作文技巧中又叫「開門見山法」，是在文章一開頭就用三五句話闡明題意，接下來的文字都在解釋「為何如此思考詮釋」。在演說中，為了讓聽眾印象深刻，並能緊緊跟住演說者的描述節

奏，所以常用「破題法」來開始演說。

破題通常會有幾種技巧，讓人覺得氣勢磅礴、或者理論玄妙。

清晰有條理的本論：

本論是整個演講內容論述的主軸，更是整個演講的重心所在，所以講稿的條理一定要夠清楚，思路也要力求分明，使你的言論有力，而且能夠打動人心。常見的本論論述有下列幾種方法：

佳句排比逐層遞進法：

既然佳句名言無法完全貼切的為我所用，那麼自創些佳言美句總是可以吧？自創嘉言美句也是一個好方法，最好在自創的佳言美句中，善用排比、層遞和押韻，就更完美了。

用相對關聯法，可以創出許多耐人尋味的佳言美句。

如船隻與海洋：

以信心為槳、理想為舵，揚起堅持的風帆，航行在人生的海洋。

如植物的生長：

用愛心做泥壤、耐心做陽光，加上智慧串成的雨露滋潤，讓「教育」這棵樹更加茁壯。

本論的導入要由淺入深，並且由遠而近的逐步說明，使講稿言之有物、言之有序，條理清晰也能讓評審留下深刻的印象。演講者若能從小處著眼並以全民為終極的目標，逐層遞進必能引人入勝。

提問自答法：

「設問法」是很多作文專書中喜歡提到的方法，它能勾起讀者的興趣、也能在讀者內心產生呼應；因為文本內容無法當面見到讀者，只能由作者與假想的讀者對話，而文本到了讀者的手中，就變成了讀者與想像的作者對話。在這樣的心理歷程中，紙本上的設問，就是作者跳出文字的框架，直接伸出一隻手握住讀者思緒的技巧。

針對人類天生喜歡追求答案的本性，設問法提出的問題，正是引領讀者追尋答案的利器。而演說中的提問，因為聽眾就在眼前，提問者（演說者）也不需隱藏，直接就該給

出一個回答。

正所謂「魔鬼藏在細節中」，提問的方式、提問的問題，要能緊扣人的心弦，而千萬不要將題目改成問句丟出來，那樣就是浪費了一個大好的機會。而且只會讓評審覺得你在說廢話。

提問，最好是把自己想要強調的觀點暫時隱藏一下，用「換句話說」的方式，將觀點用問題的方式拋出，可以達到讓人印象深刻的效果。

舉例來說：講題為《最吸引我的一則廣告》。若是用提問法來破題，千萬不要說「每個人都看過許多廣告，你知道哪一則廣告最吸引我嗎？」這就是廢話一句了，還可惜了一個驚天動地破題的好機會。

你可以換成這樣說：「許多人印象中的廣告都是強力推銷各種產品，不論你是否真的需要，他們想盡辦法在廣告中告訴觀眾，你們會想要這產品。你看過不推銷產品的廣告嗎？我看過。而那則廣告也成為最吸引我的一則廣告」。

前述兩段例句都是用自問自答的設問法來陳述。但是後面這段陳述比前一段更吸引人，成為一個讓人眼睛一亮，感到有興趣往下聽的開頭。若能舉出近期發生過的案例，則將更能引起評審的認同，並以題目為論述主軸，以期藉案例來記取教訓。

平鋪直敘法：

看到「平鋪直敘」四字，有人會覺得，那是最無聊的。其實未必！

雖然是平鋪直敘，但可以用一段對話、描述一個畫面、形容一陣聲音或氣味等作為開頭。

如：「轟隆隆的火車經過月臺的震動聲、夾雜著幾段高昂的氣笛聲。月台上熙來攘往、急著尋找車班、行李、或走散的同行親朋好友，彼此叫喚的聲音，都成了一段默劇的背景。那段默劇，逐漸佔據了所有的嘈雜空間，我開始聽不清周遭的聲音，只剩下默劇中的心跳；我被『緊張』牢牢抓進了喑啞的深淵。」（講題為《克服緊張的方法》的開頭）

上面所敘述的，也就是「平鋪直敘」法，但是這段話

語，會讓人想要繼續聽下去，一點也不覺得乏味。對於情境的詳盡敘述使之活靈活現，使評審能親臨其境感同身受。

六、尊重與分享

穿著要端莊，不可隨便。雖然參加演說比賽不是奧斯卡頒獎典禮，沒有紅地毯伺候，但是畢竟它是個正式的比賽，為表示應有的尊重與禮貌，穿著還是要有一定的講究。（雖然頒獎典禮上，女明星總是穿著袒胸露背、開高衩、超低腰、珠光寶氣的晚禮服，但那裝扮其實也不適合參加全國語文競賽）

把握一些基本原則：最好有領子、有袖子、裙長及膝（過長與過短都不適宜），男士以襯衫、領帶、西裝、長褲為標準配備；服儀皆以乾淨整齊為主，頭髮千萬不要披散一邊、蓋住半邊臉（你認為的浪漫，會被打槍為「像女鬼」）。

鞋子以不露腳趾、腳跟為原則。身材較為嬌小的演說

者,不妨選擇鞋跟有點高度(約一至兩吋)的鞋子,站起來亮相時比較有氣勢。

首飾等裝飾品請適量,戒指、耳環、項鍊等非必需品,不要讓自己站上去叮叮噹噹的像棵聖誕樹。

男士請刮乾淨鬍髭,除非你一向保有特定造型的鬍子。

高中組以下女生不建議化妝,除非你化的是看不出來的「裸妝」;尤其是口紅,年輕小女生自有無敵青春的天然顏色,真的不需要畫蛇添足的加上口紅,只讓人覺得刻意又突兀。但是,二十歲以上的女生請薄施脂粉淡妝,表示社會化的尊重。

演說不是相聲、也不是專題演講,不能帶任何輔助工具,既不能帶摺扇、手絹(就說了不是相聲),也不能帶投影機或模型(也說了不是專題演講)。真的誤帶進比賽場了怎麼辦?一是經過工作人員好心勸阻,將這些神兵利器收藏於選手座位,不帶上台;二是不聽老人言,硬要帶上台展示比劃一下,然後評審大筆一揮,微笑的看著你,因為未遵規定帶了道具,就視同表演,不予計分,評審可以休息一下

了。（所以無所事事的評審，只好在那五到八分鐘之內看著你微笑啊！）

　　曾經有一次，筆者擔任某演說比賽的工作人員。在準備席上看見一位選手玩弄著一枝塑膠玫瑰花，趨前詢問，然後聽到一個讓人震驚的消息：「這位選手的指導老師建議他帶一枝玫瑰花進場，不論抽到任何題目，都要以這枝花當作開場白……！」幸好這位選手最後聽從了工作人員（就是敝人在下我）的剴切建言，沒有將那枝玫瑰花帶上台去；後來他抽到的題目、要陳述的內容，也完全跟那枝花搭不上關係。可見準備多少道具，都不如善用你的手勢和肢體語言。所以，放棄依靠道具吧！用「你自己」這個人，來打動所有聽眾。

第三章
有備而來的學生組閩南語演說

全國語文競賽，閩南語演說國小學生組規則：

（依往年「全國語文競賽實施要點」所訂）

（一）競賽時限：

演說：國小學生組每人限四至五分鐘。

（二）競賽內容範圍：

閩南語：國小學生組講題三題，採事先公布。在競賽員登台前三十分鐘公布講題，由競賽員親手抽定一個題目參賽。

（三）競賽評判標準：

1.語音（聲、韻、調、語調）：占百分之四十。

2.內容（見解、結構、詞彙）：占百分之五十。

3.台風（儀容、態度、表情）：占百分之十。

4.時間：超過或不足時，每半分鐘扣均一標準分數一分，不足半分鐘以半分鐘計。

國小學生組歷年題目：

民國 95 年 (2006) 全國語文競賽閩南語演說題目
【國小學生組】

編號	題目
1	有才情不值得好品行
2	將心比心，人人歡心
3	我尚愛讀的一本冊

民國 96 年 (2007) 全國語文競賽閩南語演說題目
【國小學生組】

編號	題目
1	考試的時陣
2	放學了後
3	上思念的一个人

民國 97 年 (2008) 全國語文競賽閩南語演說題目
【國小學生組】

編號	題目
1	我若是一欉樹仔
2	一句話的啟示
3	一份珍貴的禮物

民國 98 年 (2009) 全國語文競賽閩南語演說題目
【國小學生組】

編號	題目
1	讀冊的好滋味
2	食暗頓的時陣
3	我的迌迌伴

民國 99 年 (2010) 全國語文競賽閩南語演說題目
【國小學生組】

編號	題目
1	我佇學校的一工
2	我上佮意的電視節目
3	我的心願

民國 100 年 (2011) 全國語文競賽閩南語演說題目
【國小學生組】

編號	題目
1	風颱天
2	我上愛的人
3	上快樂的代誌

民國 101 年 (2012) 全國語文競賽閩南語演說題目
【國小學生組】

編號	題目
1	上趣味的一節課
2	我上愛去的所在
3	歡喜做環保

民國 102 年 (2013) 全國語文競賽閩南語演說題目
【國小學生組】

編號	題目
1	我的囡仔伴
2	阮學校的圖書館
3	過年的時陣

民國 103 年 (2014) 全國語文競賽閩南語演說題目
【國小學生組】

編號	題目
1	學閩南語真心適
2	一張相片
3	我的老師

民國 104 年 (2015) 全國語文競賽閩南語演說題目
【國小學生組】

編號	題目
1	我上愛唱的囡仔歌
2	我的心內話
3	我上佮意做的代誌

民國 105 年 (2016) 全國語文競賽閩南語演說題目
【國小學生組】

編號	題目
1	我上佮意的禮物
2	若準我是老師
3	一擺練習的機會

民國 106 年 (2017) 全國語文競賽閩南語演說題目
【國小學生組】

編號	題目
1	我上佮意的迌迌物仔
2	印象上深的一个人
3	難忘的旅行

全國語文競賽，閩南語演說國中學生組規則：

（依往年「全國語文競賽實施要點」所訂）

（一）競賽時限：

　　　演說：國中學生組每人限四至五分鐘。

（二）競賽內容範圍：

　　　閩南語：國中學生組講題三題，採事先公布。在

　　　競賽員登台前三十分鐘公布講題，由競賽員親手

　　　抽定一個題目參賽。

（三）競賽評判標準：

　　　1.語音（聲、韻、調、語調）：占百分之四十。

　　　2.內容（見解、結構、詞彙）：占百分之五十。

　　　3.台風（儀容、態度、表情）：占百分之十。

　　　4.時間：超過或不足時，每半分鐘扣均一標準分

　　　　　　　數一分，不足半分鐘以半分鐘計。

國中學生組歷年題目：

民國 95 年 (2006) 全國語文競賽閩南語演說題目
【國中學生組】

編號	題目
1	行行出狀元
2	臺灣是寶島
3	懷念的旅遊

民國 96 年 (2007) 全國語文競賽閩南語演說題目
【國中學生組】

編號	題目
1	食冰的滋味
2	我的煩惱
3	阮這班

民國 97 年 (2008) 全國語文競賽閩南語演說題目
【國中學生組】

編號	題目
1	一个趣味的夢
2	若準我是老師
3	成長的滋味

民國 98 年 (2009) 全國語文競賽閩南語演說題目
【國中學生組】

編號	題目
1	阮學校的運動會
2	我上欣賞的人
3	我上佮意的風景區

民國 99 年 (2010) 全國語文競賽閩南語演說題目
【國中學生組】

編號	題目
1	欲按怎幫助別人？
2	若準時間會當重來
3	我佮大自然有約會

民國 100 年 (2011) 全國語文競賽閩南語演說題目
【國中學生組】

編號	題目
1	壓力來的時陣
2	隨時做環保
3	驚驚袂著等

民國 101 年 (2012) 全國語文競賽閩南語演說題目
【國中學生組】

編號	題目
1	影響我上深的一个人
2	做伙愛地球
3	有量才有福

民國 102 年 (2013) 全國語文競賽閩南語演說題目
【國中學生組】

編號	題目
1	我上佮意的季節
2	充實的國中生活
3	我上愛的運動

民國 103 年 (2014) 全國語文競賽閩南語演說題目
【國中學生組】

編號	題目
1	艱苦頭，快活尾
2	逐日好心情，學習才會成
3	我上敬重的人

民國 104 年 (2015) 全國語文競賽閩南語演說題目
【國中學生組】

編號	題目
1	厝裡序大人上愛講的一句話
2	難忘的故事
3	我心目中的臺灣

民國 105 年 (2016) 全國語文競賽閩南語演說題目
【國中學生組】

編號	題目
1	寶惜家己的性命
2	莫講無可能
3	愛學習嘛愛會曉

民國 106 年 (2017) 全國語文競賽閩南語演說題目
【國中學生組】

編號	題目
1	印象上深的一个所在
2	二十年後的我
3	幸福的滋味

全國語文競賽，閩南語演說高中學生組規則：

（依往年「全國語文競賽實施要點」所訂）

（一）競賽時限：

　　演說：高中學生組每人限五至六分鐘。

（二）競賽內容範圍：

　　閩南語：高中學生組講題三題，採事先公布。在
　　競賽員登台前三十分鐘公布講題，由競賽員親手
　　抽定一個題目參賽。

（三）競賽評判標準：

　　1.語音（聲、韻、調、語調）：占百分之四十。

　　2.內容（見解、結構、詞彙）：占百分之五十。

　　3.台風（儀容、態度、表情）：占百分之十。

　　4.時間：超過或不足時，每半分鐘扣均一標準分
　　　數一分，不足半分鐘以半分鐘計。

高中學生組歷年題目：

民國 95 年 (2006) 全國語文競賽閩南語演說題目
【高中學生組】

編號	題目
1	食人一半喙，毋敢放勿會記得
2	調理家己个歹性地，建立人間个好關係
3	無德就無恥；心有道德，才是學問

民國 96 年 (2007) 全國語文競賽閩南語演說題目
【高中學生組】

編號	題目
1	我上佮意的運動
2	熱天上好的享受
3	細空毋(m7)補，大空艱苦

民國 97 年 (2008) 全國語文競賽閩南語演說題目
【高中學生組】

編號	題目
1	種樹仔
2	行家己的路
3	對一條新聞講起

民國 98 年 (2009) 全國語文競賽閩南語演說題目
【高中學生組】

編號	題目
1	我的心事啥人知？
2	態度決定一个人的懸度
3	我上愛聽的臺灣歌

民國 99 年 (2010) 全國語文競賽閩南語演說題目
【高中學生組】

編號	題目
1	跋一倒，拄著一隻金雞母
2	講袂出喙的艱苦
3	人生愛把握的代誌

民國 100 年 (2011) 全國語文競賽閩南語演說題目
【高中學生組】

編號	題目
1	食魚食肉也著菜佮
2	做一个有主張的人
3	風颱佮地動

民國 101 年 (2012) 全國語文競賽閩南語演說題目
【高中學生組】

編號	題目
1	愛按怎面對人生的不如意？
2	網路對我的影響
3	爸母予我的教示

民國 102 年 (2013) 全國語文競賽閩南語演說題目
【高中學生組】

編號	題目
1	清彩一時，錯誤萬年
2	欲按怎做一个有人緣的人？
3	高中生的世界

民國 103 年 (2014) 全國語文競賽閩南語演說題目
【高中學生組】

編號	題目
1	偉大的母愛
2	我上愛讀的課外冊
3	食到老，學到老

民國 104 年 (2015) 全國語文競賽閩南語演說題目
【高中學生組】

編號	題目
1	我對俗語「一牽成，二好運，三才情」的看法
2	無行袂出名
3	高中生的社會參與

民國 105 年 (2016) 全國語文競賽閩南語演說題目
【高中學生組】

編號	題目
1	驚驚袂著等
2	學做手機仔的主人
3	一句臺灣俗語的啟示

民國 106 年 (2017) 全國語文競賽閩南語演說題目
【高中學生組】

編號	題目
1	認真看臺灣
2	悲觀佮樂觀
3	我看臺灣的電視媒體

全國語文競賽,閩南語演說教育大學及大學教育學院學生組規則:

(依往年「全國語文競賽實施要點」所訂)

(一)競賽時限:

演說:教育大學及大學教育學院學生組每人限七至八分鐘。

(二)競賽內容範圍:

閩南語:教育大學及大學教育學院學生組講題五題,採事先公布。在競賽員登台前三十分鐘公布講題,由競賽員親手抽定一個題目參賽。

(三)競賽評判標準:

1.語音(聲、韻、調、語調):占百分之四十。

2.內容(見解、結構、詞彙):占百分之五十。

3.台風(儀容、態度、表情):占百分之十。

4.時間:超過或不足時,每半分鐘扣均一標準分數一分,不足半分鐘以半分鐘計。

閩南語演說實戰寶典

　　聞呼號（開始計時）後應即登臺演講，如超過一分鐘不上臺者，即以棄權論。

　　演說題目與所抽題目不符者，視同表演，不予計分。

教育大學及大學教育學院學生組歷年題目：

民國 95 年 (2006) 全國語文競賽閩南語演說題目
【教育大學及大學教育學院學生組】

編號	題目
1	我對教改成敗个看法
2	老師咁有受氣个權利
3	細漢偷挽瓠，大漢偷牽牛
4	卜按怎予學生囡仔愛讀冊
5	教「好學生」卡好？抑是「教好」學生卡好？

民國 96 年 (2007) 全國語文競賽閩南語演說題目
【教育大學及大學教育學院學生組】

編號	題目
1	發展經濟佮保護生態
2	在生食一粒土豆，較死了拜一粒豬頭
3	甘願做牛，毋無犁通拖
4	我所了解的臺灣文化
5	少年袂曉想，食老毋成 (m7tsiann5) 樣

民國 97 年 (2008) 全國語文競賽閩南語演說題目
【教育大學及大學教育學院學生組】

編號	題目
1	做老師，就愛「沿路教、沿路學」
2	受教育，毋若愛學智識，嘛愛學做人！
3	幫助弱勢的學生囡仔
4	做時間的主人
5	臺灣社會的性命力

民國 98 年 (2009) 全國語文競賽閩南語演說題目
【教育大學及大學教育學院學生組】

編號	題目
1	生活的苦楚佮趣味
2	教冊這條路
3	我欲按怎準備做一个好老師？
4	有狀元學生，無狀元老師
5	值得學習的人

民國 99 年 (2010) 全國語文競賽閩南語演說題目
【教育大學及大學教育學院學生組】

編號	題目
1	讀冊佮出路
2	愛拍拚嘛愛學會曉放輕鬆
3	命底好毋值習慣好
4	保護環境，疼惜臺灣
5	走山、崩山的啟示

民國 100 年 (2011) 全國語文競賽閩南語演說題目
【教育大學及大學教育學院學生組】

編號	題目
1	大地反撲
2	臺灣的能源欲佗位來？
3	天然的上好
4	臺灣若準發生大海漲(海嘯)
5	浪教師欲佗位去？

民國 101 年 (2012) 全國語文競賽閩南語演說題目
【教育大學及大學教育學院學生組】

編號	題目
1	欲按怎選擇人生的方向？
2	家己的前途家己拚
3	魚趁鮮，人趁茈
4	好天著積雨來糧
5	現代人愛有的素養

民國 102 年 (2013) 全國語文競賽閩南語演說題目
【教育大學及大學教育學院學生組】

編號	題目
1	勇敢做家己
2	機會佮能力
3	科技佮生活
4	按怎做一位值得人敬重的教師？
5	人情留一線，日後好相看

民國 103 年 (2014) 全國語文競賽閩南語演說題目
【教育大學及大學教育學院學生組】

編號	題目
1	立足臺灣，放眼世界
2	臺灣上好迌的所在
3	我上欣賞的臺灣歷史人物
4	愛拚才會贏
5	艱苦頭，快活尾

民國 104 年 (2015) 全國語文競賽閩南語演說題目
【教育大學及大學教育學院學生組】

編號	題目
1	先做予人看，才講予人聽
2	我看臺灣的高齡化社會
3	網路佮言論自由
4	臺灣上媠的風景
5	現代公民的社會責任

民國 105 年 (2016) 全國語文競賽閩南語演說題目
【教育大學及大學教育學院學生組】

編號	題目
1	我對詐騙集團的看法
2	按怎提升臺灣本土語言的使用率？
3	工業發展佮環境保護
4	「荏荏馬嘛有一步踢」佇教育上的意義
5	一項社會事件的啟示

一、展開笑顏有備而來

站在台上，開口說話前，環顧四周，看著台下的觀眾，想一想：我為何而來？我要表達些什麼？無論在這篇演說中想要表達的觀念為何，演說的結論就是要帶給大家一份正能量。

二、比賽前的準備——長期

大量的閱讀，閱讀自然要求其廣泛與精深，但是專書的研讀總是有點兒緩不濟急的感覺，在此，筆者提供一個小撇步：閱讀雜誌。雜誌的內容也許不如專書深入，但範圍畢竟較廣，一些探討科學、社會、文化、教育、環境變遷等議題的雜誌，都是比賽選手涉獵的好對象。它們可以打破你思考習慣上的「同溫層」，提醒我們一般生活千篇一律之下的盲點；當然，如果你對雜誌報導中的某個主題感到興趣，想要多了解深入一些，還可以用關鍵字搜尋，找到專書加以研讀。閱讀雜誌是提醒選手們不要習於單面向或少數面向思考的好方法。

有人會想到加入各種網路社群，因為社群之多有如過江之鯽。社群議題雖說五花八門，但也因為沒有控管機制所以良莠不齊，許多社群的著眼點會流於情緒化；與其花費時間精力去閱讀、篩選社群（如果只鎖定某幾個社群，又會陷入同溫層的泥淖中），不如參閱雜誌。畢竟雜誌還有一群編輯群把關啊！

閱讀雜誌，不能偏廢，科學、財經、社會、教育、環保等議題的雜誌或專刊都要涉獵。多看個一年半載，會打破你習以為常的同溫層，擴展視野。

三、比賽前的準備——中期

綜觀時事，如日本三一一大地震之後，感受「當地震發生時」、齊柏林的《發現臺灣》電影風靡全臺的時候，感受「一部電影的啟示」、「臺灣最美的地方」；培養在講稿中帶入新聞時事、現在社會流行的話題，有其必要。

帶入，是有技巧的，可以用做開場白、蜻蜓點水的帶

過，也可以針對時事做剖析，這又牽涉到你演講前，已經有多少人用過這主題了。

用觀點來解讀，就可以把社會、經濟、心理層面等議題放進去講稿中，變成很有得討論的一個議題了。

四、比賽前的準備——近期

公告全國賽題目，完成演說稿後，背稿、練演說、練膽量成了當務之急，那麼在哪裡練習比較好呢？

大部分的人會說，還是模擬情境，用空教室來練吧。

我則建議：人來人往的車站大廳不錯；燈光美、空調佳、人潮穿梭中的地下街牆角邊也不錯；如果你跟某溫馨咖啡屋很熟，那麼在咖啡屋裡也不錯（記得不要吵到在咖啡廳寫稿的人，也許他們也正想轉換心情呢？）練習演說，誰說一定要關起門來練呢？又有誰規定，只有指導老師可以給意見？

筆者曾經故意帶著選手在車站候車室裡練習演說，選手們一開始當然怯於開口，只要指導老師稍微示範一下，打開了這條路，選手們會講得更有自信。路人經過有時會駐足聆聽，有時還特地折回來給選手加油打氣；溫馨咖啡屋裡更是臥虎藏龍，說不定就有能人專家剛好為你不熟悉的領域給了充足意見呢！

練習演說何妨光明正大的在眾人面前展現，不要忘記，上台演說本就是要在眾人面前開口表達意見嘛！那識與不識的人，都會是一分助力喔！

五、國賽時你該做的事

演說所得到的名次與練習有絕對相關，以下注意事項與禁忌，參賽者不可不知！

1. 題目的正確很重要。禁忌：千萬不可報錯題目。

2. 時間的掌握要注意。禁忌：千萬別提早下場或超過時間。

3. 別把演說台當課堂講台，控制你開口問候的音調和音量。

4. 放慢語速有絕招，練到每個段落時間分秒不差。

5. 陪伴選手的人很重要。禁忌：打擊信心的不要來。

6. 服儀要謹慎，讓選手有當公主跟王子的優越感，花點錢增加自信。

7. 切記規定：不可帶道具、不能帶手機及有聲響的物品。

8. 別跟評審裝熟。

9. 找一個和你同類型獲獎過的古人來仿效。

10. 多多觀摩別人，模仿是學習的第一步。

11. 當天要先開嗓，讓上場時保持聲線最佳狀態。

12. 一個題目，最少要練講三次。

13. 字正腔圓發音很重要，轉變調的使用。

14. 詳閱比賽規則。

第四章
有備而來的成人組閩南語即席演說

全國語文競賽，閩南語演說教師組、社會組規則：

（依往年「全國語文競賽實施要點」所訂）

（一）競賽時限：

演說：教師組每人限七至八分鐘。

演說：社會組每人限五至六分鐘。

（二）競賽內容範圍：

閩南語：採即席演說，在競賽員登台前三十分鐘
親手抽定一題參賽。

（三）競賽評判標準：

1.語音（聲、韻、調、語調）：占百分之四十。

2.內容（見解、結構、詞彙）：占百分之五十。

3.台風（儀容、態度、表情）：占百分之十。

4.時間：超過或不足時，每半分鐘扣均一標準分
數一分，不足半分鐘以半分鐘計。

• 聞呼號（開始計時）後應即登台演講，如超
過一分鐘不上台者，即以棄權論。

- 演說題目與所抽題目不符者，視同表演，不
  予計分。

- 演說時間不足或超過，每半分鐘由監場人員
  負責扣均一標準分數一分，不足半分鐘以半
  分鐘計算。

　　雖然每年全國語文競賽的主辦縣市均不同，由近年來閩
南語即席演說的命題趨勢，可稍微整理出命題的類別及命題
趨勢的變化。所謂鑑古知今，從往年的命題中可作為選手準
備時的模擬試題，以下將近年來教師組及社會組競賽題目分
列：

歷年閩南語演說競賽題目【教師組、社會組】

民國 92 年(2003) 全國語文競賽閩南語演說題目
【國小教師組】

編號	題目	編號	題目
1	今仔日臺灣教師的地位	12	疼惜家己，關懷別人
2	倫理教育的重要性	13	網路世界及現實人生
3	欲按怎經營好的師生關係	14	遊山玩水真趣味
4	我對母語教育的看法	15	教師敢有需要繳所得稅？
5	行千里路，讀萬卷書	16	臺灣情，世界觀
6	男女平等的重要性	17	人情留一線，日後好相看
7	對SARS看人性	18	單親家庭的學生欲按怎輔導？
8	媒體的社會責任	19	我看公共電視
9	我看中元普渡	20	教師的甘甜及苦澀
10	我看學校承辦營養午餐	21	論公益彩卷
11	行過的路，會留下腳印	22	我失敗的經驗

民國 92 年(2003) 全國語文競賽閩南語演說題目
【國中教師組】

編號	題目	編號	題目
1	我對母語教育的看法	12	單親家庭的學生欲按怎輔導？
2	一步一腳印，盡心為教育	13	掌握自我，開創未來

3	教評會的功能	14	論公益彩卷
4	轉化阻力成做助力	15	行行出狀元
5	今仔日臺灣教師的地位	16	疼惜臺灣的青山綠水
6	倫理教育的重要性	17	我的人生觀
7	心靈改造對教育做起	18	對SARS看人性
8	欲按怎經營好的師生關係	19	隔壁親家，禮數原在
9	創造兩性平權的和諧社會	20	臺灣情，世界觀
10	心肝若好，風水免討	21	網路世界及現實人生
11	我看媒骿的素養	22	學校及社區

民國 92 年 (2003) 全國語文競賽閩南語演說題目
【社會組】

編號	題目
1	有時星光，有時月光（人的運氣有好有壞）
2	雨落四山，終歸大海（以大海能容的器度包容異見）
3	有風毋通使盡帆（運氣好的時候不要得意忘形）
4	一時風駛一時船（看清時勢，順時應變）
5	有經霜雪有逢春（吃得苦中苦，方為人上人）
6	入港隨灣，入鄉隨俗（入境隨俗）
7	千金買厝，萬金買厝邊（買好房子要先看好鄰居）
8	有心扑鐵鐵成（ciann5）針（鐵杵磨成繡花針，有志竟成）

9	入山看山勢，入門看人意（觀察環境、時勢，謀定而後動）
10	博筊殼起，做賊偷老米（賭博從玩具殼開始，偷竊從偷別人一把米開始）
11	東海無魚，西海撈（失之西隅，生之東隅）
12	在家千日好，出門三不便（在家什麼都好，出外什麼都不方便）
13	有去路，著有來路（量入為出）
14	會曉行路，毋驚早共宴（人生什麼時候起步都可以）
15	有狀元學生，毋狀元先生（世間往往青出於藍，學生常比老師優秀）
16	粒仔堅疕袂記得痛（事過境遷，忘了歷史創痛）
17	習（ciap8）講無滋味，習談無價值（陳腔濫調，好話也不受重視）
18	習（ciap8）罵毋聽，習（ciap8）扑毋驚（孩子常罵不聽話，常打又不怕）
19	人食嘴媠（chui3 sui2），魚食流水（人靠口才生存，魚靠潮水生存）
20	閒飯加食，閒語減講（閒飯不妨多吃，閒話不可亂講）
21	（khia7）咧講人，坐咧予人講（批評別人，也要被人批評）
22	細漢偷挽瓠（bu5），大漢偷牽牛（幼年當小偷，長大成大盜）

從上表中不難發現，92 年小教組與中教組的題目裡面完全相同的有 7 題，依照題目的屬性，大略可將其分類為：教育相關議題、俗諺相關議題、兩性的議題、時事的議題、習俗的議題等五大議題。其中又以教育相關的議題為最多，母語教育的推動是該年熱門的命題走向。而中教組的命題則是多了學校與社區的題目；社會組的命題趨勢則是全部 22題大都以俗諺為主，以生活經驗為輔的命題方向。

民國 93 年 (2004) 全國語文競賽閩南語演說題目
【國小教師組】

編號	題目	編號	題目
1	假使我是教育部長	16	珍惜水資源
2	人情留一線，日後好相看	17	驚驚（勿會）著等
3	臺灣迎媽祖的文化	18	行過的路，會留下腳跡
4	花開滿天芳，結子才嚇人	19	徛臺灣，看世界
5	講話的藝術	20	臺灣是好所在
6	相命敢會當逢凶化吉？	21	論君子及小人
7	虎死留皮，人死留名	22	我的生涯規劃
8	男女平等的重要性	23	自高與自信
9	人生的真善美	24	我教臺語課程的經驗

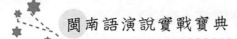

10	趁錢有數，性命著顧	25	錢四腳，人兩腳
11	我的家庭生活	26	我的厝邊鄰居
12	臺灣進入WTO以後	27	時勢造英雄
13	龜笑鱉無尾，鱉笑龜粗皮	28	論笑貧無笑娼的道德觀
14	健康及人生	29	論青少年的偶像崇拜
15	培養第二專長的重要性	30	教師的本分

民國 93 年 (2004) 全國語文競賽閩南語演說題目
【國中教師組】

編號	題目	編號	題目
1	無禁無忌，食百二	16	臺灣迎媽祖的文化
2	少年（勿會）曉想，食老毋成樣	17	我的厝邊鄰居
3	我的生涯規劃	18	趁錢有數，性命著顧
4	男女平等的重要性	19	論君子及小人
5	相命敢會當逢凶化吉？	20	我教臺語課程的經驗
6	論青少年的偶像崇拜	21	假使我是校長
7	我好，也著別人好，世間暫時日迵	22	徛臺灣，看世界
8	花開滿天芳，結子才嚇人	23	講話的藝術
9	人情留一線，日後好相看	24	龜笑鱉無尾，鱉笑龜粗皮

10	核能發電對臺灣的影響	25	人生的真善美
11	死皇帝，毋值著活乞丐	26	教師的本分
12	論笑貧無笑娼的道德觀	27	臺灣是好所在
13	珍惜地球的資源	28	培養第二專長的重要性
14	我的家庭生活	29	錢四腳，人兩腳
15	時勢造英雄	30	健康及人生

民國 93 年 (2004) 全國語文競賽閩南語演說題目
【社會組】

編號	題目	編號	題目
1	寧賣祖宗田，不忘祖宗言	16	我所知 bate 客家族群
2	現今臺灣社會，母語流失 e 現況	17	三號國道
3	我所意愛 e 臺灣	18	臺灣 e 食（chiah）
4	八田與一 Kap 嘉南大圳	19	路邊擔仔
5	殖民者佇臺灣 e 腳跡	20	對 2004 年總統選舉後，臺灣政治亂象 e 看法
6	我所知影 e 莫那魯道	21	對臺灣各族群 e 認識
7	我 e 初戀	22	現今失去母語世界 e 臺灣囝仔
8	寫 Ho 我 e a-na-tah	23	向外國人介紹臺灣這 e 好所在

9	吃飽未？	24	家庭母語教育 kap 學校教育 bah 怎按合？
10	相借問	25	對臺灣古早民謠e懷念
11	臺灣是一 e 海洋國家	26	臺灣民主國
12	KTV是臺灣No 1 e娛樂	27	講臺灣這 e 名稱 e 由來
13	我所知影 e SARS	28	對臺語盤嘴吟（繞口令）e 認識
14	加入 WTO 是臺灣人 e 特權	29	你所知影 e 笑詼 VS. 笑話
15	臺灣 e 第五族群——外籍新娘 Kap In e 臺灣 Kia	30	臺灣新文學之父——賴和

　　93 年的小教組及中教組的命題趨勢，完全雷同的竟高達了 23 題之多，命題的範圍大致可分為：教育相關的議題、俗諺的議題、兩性議題、時事的議題、與生活相關議題，該年的俗諺議題高達了 7 題之多，與 92 年僅出現 1 題的情況相比較，顯然相較於以往在社會組較受重視的俗諺語議題，在小教組及中教組的命題上都有了增加的趨勢。該年社會組的命題引起了不少的爭議，其中命題的範圍出現臺灣文史的相關題目，諸如：八田與一 Kap 嘉南大圳、殖民者佇臺灣 e 腳跡、我所知影 e 莫那魯道、對臺灣各族群 e 認

識、臺灣民主國、講臺灣這 e 名稱 e 由來、臺灣新文學之父——賴和等題目。對臺灣意識的形構特權命題也佔頗多，例如：臺灣是一 e 海洋國家、加入 WTO 是臺灣人 e 特權、臺灣 e 第五族群——外籍新娘 Kap In e 臺灣 Kia、向外國人介紹臺灣這 e 好所在、對臺灣古早民謠 e 懷念、對臺語盤嘴吟（繞口令）e 認識。這類型的題目與以往社會組大多以俗諺命題的反差頗大。

民國 94 年 (2005) 全國語文競賽閩南語演說題目
【國小教師組】

編號	題目	編號	題目
1	貪自貧字殼	16	也著箠，也著糜
2	有量才有福	17	有人入山趁食，有人落海討掠
3	好頭不如好尾	18	拍斷手骨顛倒勇舉
4	一枝草一點露	19	舉燈，毋知腳底暗
5	一年等二年空	20	骨力食力，貧惰吞涎
6	吃果子拜樹頭	21	有一好，無兩好
7	歡喜做甘願受	22	千算萬算，毋值著天一劃
8	人咧做，天咧看	23	敢做瓠（bu5）桸，就毋驚滾泔

9	吃人一口，還人一斗	24	大狗爬牆，細狗看樣
10	謀事在人，成事在天	25	頭興興，尾冷冷
11	做人要誠，做事要勤	26	頭過身就過
12	給人方便，自己方便	27	隔壁親家，禮數原在
13	萬里路程，從（對）腳行起	28	食父母飯，穿父母裘
14	人情留一線，日後好相看	29	五色人，講十色話
15	一粒米，百粒汗	30	八仙過海，隨人變通

民國 94 年 (2005) 全國語文競賽閩南語演說題目
【國中教師組】

編號	題目	編號	題目
1	母語教學如何在地化	16	現此時如何面對教育改革？
2	怎樣創造母語ㄟ空間	17	臺灣命運共同體
3	我對學生掃便所ㄟ看法	18	創意的發揮
4	管教學生ㄟ限度	19	突破臺語發展的困境
5	臺灣敢是一ㄟ文明國家？	20	臺語教育的推動
6	我對鄉土文化教學ㄟ看法	21	培養國際觀的文學氣質
7	男女敢會當作普通朋友？	22	行動電話對社會的影響
8	我尚愛ㄟ臺灣話	23	電腦對學習的影響

9	有狀元學生，無狀元先生	24	培養獨立自主的下一代
10	教師分希望在叨位？	25	公理正義的堅持
11	需要推動母語檢定無？	26	學生生長互我的啟示
12	單親家庭分輔導	27	本土甲外來文化的關係
13	新臺灣之子分教育	28	求知探險的精神
14	做雞著筅，做儂著反	29	培養學生的審美觀
15	如何建立學生分價值觀	30	啟發式教育的重要性

民國 94 年 (2005) 全國語文競賽閩南語演說題目
【社會組】

編號	題目	編號	題目
1	一枝草仔枝也會經倒人	16	艱苦頭，快活尾
2	大路千條，真理一條	17	聽話要聽音，食蔥要食心
3	加食無滋味，加話唔值錢	18	芋頭蕃薯一家親　說一個族群的故事
4	好頭不如好尾	19	好田地，卡輸好子地
5	虎死留皮，人死留名	20	一個某（妻）卡好三個天公祖
6	食一歲，學一歲	21	一枝草，一點露
7	做人留後步，日後有退路	22	大水真艱苦，無水攔卡苦
8	做人著認真，做事著頂真	23	有命真好，有愛攔卡好

9	做人要有原則，生活則有心適	24	有嘴真好，有頭腦擱卡好
10	處處君子，處處小人	25	近山愛山，近水惜水
11	喙巧，不如手巧	26	山會崩，土會流，保護臺灣的土地
12	無好地基，就起無好厝	27	透大風，落大雨，臺灣的風颱
13	臺灣人的心聲	28	看電視，打電腦
14	擔水擔水頭，聽話聽話尾	29	奧運金牌，臺灣的光榮
15	樹頭徛得在，嗯驚樹尾做風颱	30	野球，臺灣人的熱情

　　有鑑於在 93 年的小教組與中教組命題中雷同度過高，94 年此二組的命題範圍就迥然不同，以小教組來說 30 題的命題幾乎全以俗諺語議題為命題範籌，乍看之下讓人以為是社會組的題目，該年非常罕見的沒有出現到教育有關的相關議題，似乎有意要與往年的風格大相逕庭。中教組的命題中以臺語教育為相關的命題共有 6 題，與教育相關的議題有 11 題，而廣義的教育議題就多到囊括 17 題的題數。而社會組的命題就與 93 年截然不同，題目的走向回歸社會組較普通的風格，以俗諺的議題為導向，輔之以生活經驗為命題

軸心，本來社會組的參賽選手就來自於各行各業，若題型具有過多教育的議題，似乎就偏愛了鄉土語言的支援教師，對於從事非教育工作者顯然是不利的題目類型。所以在長期以來，社會組的命題大多以較具有普世價值的俗諺語議題為命題的方向。

民國 95 年 (2006) 全國語文競賽閩南語演說題目
【小學教師組】

編號	題目	編號	題目
1	欲按怎培養小學生个好習慣	16	欲按怎做一個現代老師
2	我佇國小教冊个酸鹹甜	17	鄉土教育个重要
3	一首我上合意的童謠	18	看著國小囡仔談情說愛个時存
4	十八般武藝攏愛學个國小老師	19	金錢是萬惡个深坑，道德是幸福个樓梯
5	國小老師是囡仔个雕刻師	20	好話較个金錢，誠意食水甘甜
6	傷心个時存，欲按怎用快樂个心教冊	21	目神要好，心思要幼
7	欲按怎乎小學生合意呷菜	22	有德有學有才，心靈自由自在

8	家庭教育佮學校教育	23	為學必先修身，修身必先修心
9	我欲送乎畢業生个一句話	24	教人感受生活，毋通教人怨嘆家己
10	我心目中个模範生	25	若準我是一個勿曉講臺語的語文教師
11	我欲按怎做好小學生囡仔个模範	26	教師應該會曉家己編製教材
12	若小學生囡仔當我个面罵我	27	臺語教學應該如何來生活化
13	我對流浪教師个建議	28	國民小學應該如何來加強臺語教學
14	打拼个老師上介媠	29	如何用母語來做為各級學校个教學語言
15	學生囡仔顧人怨，我欲按怎解決	30	知識份子應該具備較高个道德

　　在 94 年小教組全數的俗諺命題之後，95 年的命題趨勢
又回到了基本題型的組合，歸納 95 年小教組題型：教育相
關議題計 21 題、道德的議題有 5 題、俗諺語議題有 2 題、
生活的議題有 2 題，幾乎可用此四類來概括分類小教組的命
題趨勢。

民國 95 年 (2006) 全國語文競賽閩南語演說題目
【中學教師組】

編號	題目	編號	題目
1	我對教育本土化及國際化的看法	16	一勤天下無難事
2	我對教育多元化的看法	17	英雄造時勢，時勢造英雄
3	我對推動九年一貫的看法	18	生活教育的重要性
4	我對推動母語教育的看法	19	品德教育應把握的重要
5	我對臺灣媒體的看法	20	教育是國家的根本大業
6	我對臺灣選舉文化的看法	21	私心惹人怨，愛心千古傳
7	什麼是臺灣的文化	22	時時抱歡喜情，事事懷感恩心
8	什麼是臺灣的價值	23	健康是一切事業的根本
9	什麼是「臺灣優先」	24	國中教學的甘甜苦澀
10	一本冊的啟示	25	如何教育學生面對 e 世代
11	懷念的旅遊	26	全身用名牌，不如涵養好內才
12	我的休閒生活	27	金銀滿大廳，不如積善好名聲
13	我的生活美學	28	尊重別人就是愛惜自己
14	人無千日好，花無百日紅	29	身教比言教卡要緊
15	天不生無用之人，地不生無根之草	30	國歌響起的時陣

95 年的命題在中教組方面，教育相關的命題佔了 9 題，約三分之一，與小教組雷同的部分是該年對品格教育的相關議題相當重視，另外的一個特色是有關於臺灣的議題增加了，例如：我對臺灣媒體的看法、我對臺灣選舉文化的看法、什麼是臺灣的文化、什麼是臺灣的價值、什麼是「臺灣優先」等 5 個題目，以教育議題及臺灣議題二者的命題總共囊括了二分之一的走向。

民國 95 年 (2006) 全國語文競賽閩南語演說題目
【社會組】

編號	題目	編號	題目
1	古井水蛙抑會出頭天	16	著算雞毋啼，天抑是會光
2	頭路無分懸佮低	17	三年一潤，好歹照輪
3	好笑神，人著清閒	18	雨落四山，終歸大海
4	做狗著吠，做雞著啼	19	有經霜雪有逢春
5	詳細考慮一工，贏過莽動一世人	20	入港隨灣，入鄉隨俗
6	會跋才會大	21	千金買厝，萬金買厝邊
7	破瓦，嘛會使墊桌腳	22	近山剉無柴，近溪搭無船
8	胡椒會辣免用濟	23	入山看山勢，入門看人意
9	腳底把脈，找嘸症頭	24	在家千日好，出外條條難

10	跋倒，嘛要抓一把沙	25	有去路，著愛有來路
11	樹正毋驚日影斜	26	寄錢會減，寄話會加
12	墓地好，不如心肝嬌	27	閒飯加食，閒話減講
13	家家戶戶攏有通京城个路	28	有狀元學生，無狀元先生
14	忍著一時氣，免得百日憂	29	歹歹馬嘛愛有一步踢
15	呷白菜要呷心，澆大樹要澆根	30	有心扑鐵鐵成針

　　95 年的命題社會組出現了題型全盤推翻的現象，以往典型的閩南語俗諺相關議題一題都沒出現，取而代之的是增加了議論題型及時事題型，但其範圍仍舊是以生活經驗為主軸，進而推展到了社會現象，其中並沒有專偏向某一項職業專長的現象發生，大體而言相當符合社會組的命題基調。

　　民國 96 年 (2007) 全國語文競賽閩南語演說題目
　　　　　　　　　　　【小學教師組】

編號	題目	編號	題目
1	社會上定定會用著閩南語的所在	14	魚吃溪水，人吃嘴水
2	欲按怎說服無贊同學校教閩南語的家長	15	家己種一叢，卡贏看別人

3	愛按怎創造一e ho 人自動用閩南語交談的環境	16	路遙知馬力，日久見人心
4	我對「有教無類」的看法	17	人比人，氣死人
5	臺灣的文化及價值	18	勤儉才有底
6	我對臺灣電視節目的看法	19	天公疼憨人
7	我對教育多元化的看法	20	顧身體毋通顧傢伙
8	我對「九年一貫」的檢討	21	做牛著拖，做人著磨
9	臺灣應該充實海洋國家的教育	22	吃苦當作吃補
10	我對臺灣教育「國際化」及「本土化」的看法	23	緊紡無好紗，緊嫁無好大家
11	一個小學教師的心聲	24	死皇帝毋值活乞食
12	一勤天下無難事	25	三百六十行，行行出狀元
13	行行出狀元	26	寵子不孝，寵豬舉灶

　　96 年小教組的命題方向呈現出題目數字上的二分法，12 號題至 26 號題全部都是典型的俗諺語命題：計有 16 題之多。題號 1 至 11 題中有關於教育議題的層面較為廣範，其中有傳統命題的：「有教無類」的看法、我對「九年一貫」的檢討、我對教育多元化的看法，以及當年教育新興議題：臺灣應該充實海洋國家的教育、我對臺灣教育「國際

化」及「本土化」的看法，幾乎可以說 96 年教育相關議題
與俗諺議題包辦了該年小教組的題型。

民國 96 年 (2007) 全國語文競賽閩南語演說題目
【中學教師組】

編號	題目	編號	題目
1	有量才有福	14	登高必自卑
2	有儉才有底	15	我看咱个語文教育政策
3	歡喜做，甘願受	16	我及我个寶貝學生
4	一粒米，百人汗	17	好天著存雨來糧
5	一人智，不值二人議	18	道德是社會个衫仔，智慧是人類个梯仔
6	做雞著筅，做人著翻	19	心思愛幼，眼界愛大；修養愛深，肚量愛闊
7	做人要認真，做事要頂真	20	性命个滋味，毋免重辣重鹹，需要簡單自然
8	歡歡喜喜一天，煩煩惱惱也一天	21	貧憚是心理上个大病，逃避是道德上个無能
9	好話出嘴免吞忍，歹話離嘴忍三分	22	懸山一步一步足百，學問一分一分學
10	一件代誌个啟示	23	食甜个時陣，愛想著苦；食苦个時陣，愛感覺甜

11	教育要從細漢開始	24	控制性地，毋通予性地控制
12	有食有行氣，有燒香有保庇	25	生活講究品質，言行講求素養
13	官府嚴，出寇（厚）賊	26	講幫助人个話，做有路用个人

　　96 年的中教組方面，與小教組雷同的部分以題號 17 以後為一個分水嶺，題號 18 至 26 題以現代版警語格言為對句式，例如：道德是社會个衫仔，智慧是人類个梯仔、貧憚是心理上个大病，逃避是道德上个無能等，題號 1 至 16 除了有 4 題非關俗諺的議題外；其餘均是以俗諺語議題來命題。

民國 96 年 (2007) 全國語文競賽閩南語演說題目
【社會組】

編號	題目	編號	題目
1	全球化著愛先本土化	14	保護生態佮發展經濟
2	保存母語的意義佇佗位？	15	臺灣真美麗，疼惜咱土地
3	英語教學佮母語教學什麼較重要？	16	保護地球，愛對日常生活做起
4	怎樣看待佮對待外籍新娘？	17	食人一斤，也著還人四兩

5	愛護渡鳥（候鳥）有什麼意義？	18	會曉講別人，未曉講家己
6	為咱的地球做一寡仔代誌	19	踅（逛）夜市
7	食果子，拜樹頭	20	臺灣的意象──布袋戲
8	爸母疼囝長流水，囝孝爸母樹尾風	21	臺灣好「七逃」（好玩）的所在
9	復興母語，建立臺灣文化主體性	22	樹根若有在，毋驚起風颱
10	傳承母語，是咱的權利佮義務	23	歡頭喜面是一日，憂頭結面嘛一日
11	按怎提升臺灣的國際競爭力？	24	講予準，講予好，講予嬌
12	三分天註定，七分靠拍拚	25	捷做、手勿會（袂）鈍，捷講、喙會順，捷寫、才有好議論
13	人情留一線，日後好相看	26	兄弟姊妹勿會（袂）和好，加添爸母大煩惱

　　96 年社會組的命題方式，以典型的閩南語俗諺議題就佔了 8 題，現代版警語格言部分共有 3 題，然而自然生態等相關的議題比例增加共有 5 題，例如：愛護渡鳥（候鳥）有什麼意義？、為咱的地球做一寡仔代誌、保護生態佮發展經濟、保護地球，愛對日常生活做起等，其中；臺灣意象──

布袋戲，是 2006 年行政院新聞局主辦的「SHOW 臺灣！尋找臺灣意象系列活動」，所票選臺灣五大代表意象，其中由「布袋戲」拔得頭籌。若選手對此一系列活動能有深入了解，將是一個容易發揮的題目。

民國 97 年 (2008) 全國語文競賽閩南語演說題目 【小學教師組】

編號	題目	編號	題目
1	我對臺灣青少年流行文化的看法	14	教智識較重要，抑是教做人較重要？
2	我的青春我的夢	15	處處君子，處處小人
3	一日省一喙，一年省一櫃	16	魚驚離水，人驚落水
4	一日教學生一句好話	17	臺灣人的人情味
5	人善被人欺，馬善被人騎	18	關心眾人，照顧萬物
6	上台總有落台時	19	我印象上深的个一學生
7	山中有直樹，世上無直人	20	囡仔時代的回憶
8	母語較重要，抑是英語較重要？	21	好天著存雨來糧
9	生緣較贏生媠	22	飲水思源
10	如何推展本土語言？	23	食到老，學到老
11	我教學生囡仔尊重別人的經驗	24	萬事起頭難

| 12 | 疼惜學生，就愛教示學生 | 25 | 學好三冬，學歹三工 |
| 13 | 教冊著落教予落心 | | |

民國 97 年 (2008) 全國語文競賽閩南語演說題目
【中學教師組】

編號	題目	編號	題目
1	論教改刪減本國語文教學時數的得失	12	時到時擔當，無米煮番薯湯
2	如何教導中學生養成良好的生活習慣	13	暗時全步數，天光無半步
3	如何補救中學生國語程度逐年低落的現象	14	惡馬惡人騎，胭脂馬抵著關老爺
4	我對大學入學率近百的看法	15	緊紡無好紗，緊嫁無好大家
5	如何輔導中學生從事生涯規畫	16	一枝草一點露
6	我對取消中學生留級制度的意見	17	路遙知馬力，事久見人心
7	如何輔導過分內向或過分外向的學生	18	人在做，天在看
8	我對中學生在校穿制服的看法	19	歹歹馬也有一步踢
9	人情留一線，日後好相看	20	扑斷手骨顛倒勇

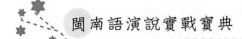

| 10 | 長工望落雨，乞食望普渡 | 21 | 按怎節能減碳 |
| 11 | 洗面洗面邊，掃地掃壁邊 | | |

民國 97 年 (2008) 全國語文競賽閩南語演說題目
【社會組】

編號	題目	編號	題目
1	人生是一首歌	12	宗族及民族
2	風生水起，是正當時	13	人身難得
3	有一種勝利叫做堅持	14	艱苦頭，行悦（快活）尾
4	艱苦罪過是一世人，歡歡喜喜也一世人	15	我看歌仔戲
5	死生有命，富貴在天	16	如果有人找我去扮戲……
6	四時佳興與人同	17	現代人的價值觀
7	萬紫千紅總是春	18	食人一口，還人一斗
8	千金難買好次（厝）邊	19	也著箠，也著糜
9	少年未曉想，食老不成樣	20	反毒反荏之我見
10	想貪鑽雞榼	21	社會福利該有的措施
11	三日無籤蜀上樹	22	我尚愛去的風景區

民國 98 年 (2009) 全國語文競賽閩南語演說題目
【小學教師組】

編號	題目	編號	題目
1	八八水災予臺灣人的啟示	14	美化咱的生活環境
2	珍惜地球的資源	15	環境教育佇國校的重要性
3	幸福的滋味	16	歡頭喜面對每一個人
4	生命教育——對莫拉克風颱講起	17	命好不如習慣好
5	食好毋值得食予健康	18	讀冊愛用心，一字值千金
6	教育的力量	19	上好的投資是教育
7	按怎加強學生囝仔的生活教育	20	「愛」是教育唯一的路
8	好話加減講，歹話莫出喙	21	這溪無魚，別溪釣
9	大自然是咱的老師	22	上蓋予人感恩的代誌
10	天頂天公，地下母舅公	23	予學生囝仔上好的禮物
11	食是福，做是祿	24	影響阮一生的一个教育家
12	有好子弟，才有未來的好社會	25	學生寫予我的一張卡片
13	老人無講古，少年毋捌寶		

民國 98 年 (2009) 全國語文競賽閩南語演說題目
【中學教師組】

編號	題目	編號	題目
1	按怎迎接新移民的時代	12	臺灣文化是海洋性的文化
2	天無絕人之路	13	輸人毋輸陣，輸陣歹看面
3	肯定家己，欣賞別人	14	細空無補，大空叫苦
4	山會崩、塗會流——保護臺灣的土地	15	臺灣媠，好山好水好地理
5	我上愛看的民俗活動	16	珍惜地球資源，建造美麗家園
6	一條永遠袂後悔的教育路	17	千變萬化，毋值著造化——對八八水災的感受
7	勤儉較有底，浪費不成家	18	溝通的藝術
8	我上懷念的一首歌	19	愛伊、教伊、疼惜伊
9	對細漢就要培養的功夫	20	按怎推廣本土的語言
10	學好三年，學歹三對時	21	臺灣人的人情味
11	千萬經典，孝義為先	22	全家若仝心，烏塗變成金

民國 98 年 (2009) 全國語文競賽閩南語演說題目
【社會組】

編號	題目	編號	題目
1	趁錢有數、道德愛顧	12	一言既出，駟馬難追
2	種大樹、護水土、安家園	13	臺灣風土民情——中元普渡
3	歹瓜厚籽，歹人厚言語	14	食緊挵破碗
4	袂曉駛船嫌溪狹	15	花無百日紅，人無千日好
5	煙火好看無佫久	16	入港隨灣，入鄉隨俗
6	欲按怎面對 E 化的新時代	17	勸人做好代，較贏食早齋
7	全球化著愛本土化	18	資源回收救地球
8	戲棚跤，徛久是你的	19	我對看風水的看法
9	雙手抱孩兒，才知爸母時	20	飽穗的稻仔，頭攏犁犁
10	食到老，學到老	21	翁某，相惜過一生
11	是非日日有，毋聽自然無	22	臺灣的好山好水

民國 99 年 (2010) 全國語文競賽閩南語演說題目
【教師組】

編號	題目	編號	題目
1	按怎減少社會上的遊民	15	多元族群是臺灣的資產
2	我對廢除死刑的看法	16	我對保存鄉土文的看法

民國 99 年 (2010) 全國語文競賽閩南語演說題目
【社會組】

編號	題目	編號	題目
1	土地是寶	15	疼惜咱的序大人
2	臺灣四季好光景	16	勇敢行家己的路
3	臺灣的庄跤	17	臺灣有志氣的艱苦人
4	我對臺灣交通的看法	18	成做一个世界公民
5	予我尊敬的臺灣人	19	故鄉的月娘
6	臺灣是咱的故事	20	欲按怎幸福歡喜過日子——臺灣人的人生哲學
7	咱的島嶼著疼惜	21	天災佮人禍
8	我對臺灣大眾媒體的看法	22	賄選是民主政治上大的汙點
9	我囡仔時的臺灣	23	我最近所讀的一本冊
10	欲按怎栽培會曉思考的臺灣囡仔	24	我對全球氣候變遷的看法
11	欲按怎結合社區、家庭來傳承母語	25	欲按怎面對生活中的壓力
12	熱情的臺灣	26	我對媒體爆料文化的看法
13	臺灣的飲食文化	27	假使我著『大樂透』的頭獎
14	欲按怎開創美麗的人生	28	風颱無情——八八水災的反省

民國 100 年 (2011) 全國語文競賽閩南語演說題目
【教師組】

編號	題目	編號	題目
1	在家日日好，出外迢迢難	16	我按怎利用圖書館的資源
2	三分靠師傅，七分靠自修	17	按怎管理家己的情緒
3	現代教師的人文素養	18	按怎教囡仔佇生活中運用課本上的智識
4	家庭管人品，學校管德行	19	新臺灣之子的教育問題
5	影響我上深的一個人	20	天生我才必有用
6	跂在講台的心情	21	仙人打鼓有時錯腳步踏差誰人無
7	路邊攤仔	22	逐項要歡喜甘願
8	介紹臺灣囡仔歌	23	有狀元學生無狀元先生
9	一擺難忘的教冊經驗	24	大漢無好樣細漢就攀牆
10	怎培養學生囡仔的讀冊習慣	25	賜子千金嘸值教子一藝
11	我對少子化的看法	26	工夫到厝要食就有
12	愛跂，才會出穗	27	有嘴說別人無嘴講家治
13	大人會使對囡仔學到啥物	28	嫌貨才是買貨人
14	學校教育佮家庭教育的配合	29	敢做要敢擔當
15	網路對教育的影響	30	咸慢就要早預辦

民國 100 年 (2011) 全國語文競賽閩南語演說題目
【社會組】

編號	題目	編號	題目
1	做牛著拖，做人著磨	16	一個予我印象介深的廣告
2	艱苦頭，才有快活尾	17	一部電影予我的啟示
3	講話有理，做人有情	18	食著藥，青草一葉；食毋著藥，人參一石
4	家和萬事成	19	予地球的一張批
5	做人的分寸	20	甘蔗無雙頭甜
6	家庭教育的重要性	21	電視節目佮社會風氣
7	創造臺灣的新文化	22	按怎使社會閣較美好
8	介紹一個好所在	23	錢銀無實貴仁義值千金
9	影響我上深的一句話	24	大石也著小石拱
10	臺灣的文化與價值	25	相罵無好嘴相打無好槌
11	我上合意的臺灣囡仔歌	26	做人不佀目睭看高無看下
12	一件使人感動的代誌	27	蚼蟻也會愛生命
13	我佮臺灣閩南語歌謠	28	有量才有福
14	趣味的俗語	29	一粒老鼠屎影響一碗糜
15	使人懷念的古早味	30	飯會使得亂食話未用得亂講

民國 101 年 (2012) 全國語文競賽閩南語演說題目
【教師組】

編號	題目	編號	題目
1	教學趣味心適，是學生興讀冊的動力	16	健保敢應該起價？
2	開發學生的創造力	17	這馬的頭路佮細漢時仔的志願
3	陪學生快樂成長	18	老師的我佮我的老師
4	按怎予我的學生有自信	19	送禮佮禮數
5	知識份子的社會責任	20	時間的分配
6	用心推展學生的公共服務	21	飼貓仔狗仔敢好？
7	我按怎幫助有學習困難的學生	22	奉獻的習慣
8	發揮創意教學生	23	運動的習慣
9	我看臺灣的語言危機	24	遊民
10	培養現代學生的責任感	25	流浪教師
11	十二年國教對校園的影響	26	按怎的學校才算綠色學校？
12	推動性別平等教育的做法	27	勤儉佮消費
13	做好消費教育，予學生知影節約	28	按怎鼓勵學生問問題？
14	性命的意義	29	講較緊，做較慢
15	故鄉	30	毋通取一支喙

民國 101 年 (2012) 全國語文競賽閩南語演說題目
【社會組】

編號	題目	編號	題目
1	論臺灣的國家債務	16	母語優先
2	幸福人生的原動力	17	我蹛的彼社區
3	做一成功的爸母	18	咱的社會敢有民主？
4	我看臺灣布袋戲	19	咱的社會敢有平等？
5	有病看健保，健保有病欲按怎較好？	20	好額佮健康
6	按怎禁絕酒醉開車？	21	趁錢的目的
7	景氣佮志氣	22	人生第一重要的代誌
8	熱心做公益，人生有特色	23	飼囝是義務抑是投資？
9	捷做環保，予後代減煩惱	24	失敗的滋味
10	論時行	25	迎接高齡化的時代
11	論競爭	26	迎接少囝化的時代
12	按怎推廣搭乘大眾運輸？	27	外勞是來鬥跤手抑是搶飯碗？
13	我若退休	28	翁某是愛情抑是恩情？
14	旅行的經驗	29	愛護地球對三頓做起
15	加學一種語言	30	時間的管理是成功的要素

閩南語演說實戰寶典

民國 102 年 (2013) 全國語文競賽閩南語演說題目
【教師組】

編號	題目	編號	題目
1	若無「公德」就無「功德」	16	我對安樂死的看法
2	萬斤良藥不如骨力運動	17	臺灣食品安全的問題
3	序細愛照顧，序大人愛疼惜	18	送予學生的話
4	生活中上有感情的話	19	欲按怎面對高齡化的社會
5	面對十二年國教，我所做的準備	20	勇敢拍拚的臺灣人
6	做好模範，教好道理	21	教冊佮教人
7	智識值千金，智慧通萬理	22	我對本土語言教學的看法
8	上禾黑的時機，就是上好的轉機	23	在職教師參加「閩南語語言能力認證」的意義
9	「有」愛惜福；「無」愛知足	24	欲按怎提升老師的專業形象
10	生活禮儀對家己做起	25	欲按怎經營好的親師關係
11	美麗豐富的臺灣在地文化	26	我對品德教育的堅持
12	我對十二年國民教育的看法	27	我按怎教學生尊重性命
13	新住民對教育的影響	28	我按怎教學生疼惜地球
14	日本福島核災的啟示	29	做一個關心社會議題的老師
15	九二一地動的啟示	30	送學生魚，較輸教伊掠魚

106

民國 102 年 (2013) 全國語文競賽閩南語演說題目
【社會組】

編號	題目	編號	題目
1	家庭快樂的條件	16	戲臺小人生，人生大戲臺
2	心情鬱卒的時陣	17	犧牲家己，成全別人，敢是正義？
3	臺灣的好光景	18	鹽濟，菜鹹；話濟，人嫌
4	膽量佮熱情	19	一个感心的故事
5	萬事起頭難	20	一句臺灣諺語的智慧
6	民主社會的可貴	21	多元文化的趣味
7	陪伴老人的藝術	22	我上得意的代誌
8	一面金牌，百粒血汗	23	我來介紹一个節目
9	人治水，水利人；人無治水，水害人	24	我按怎看待臺灣的本土劇
10	予電視洗腦，不如予良心洗腦	25	佮家己做伴
11	白頭毛就是老人的體面	26	幸福對佗來
12	好名不如好命	27	若會當倒轉去彼當時
13	按怎保存臺灣民俗文化？	28	欲望佮能力
14	家己講話是技術，聽人講話是藝術	29	電腦佮咱的生活
15	高尚是家己想的	30	壓力

民國 103 年 (2014) 全國語文競賽閩南語演說題目
【教師組】

編號	題目	編號	題目
1	高雄氣爆予咱的啟示	16	網路資訊對教學的影響
2	做一个閩南語教師應該有的素養	17	資訊的進步對家庭的影響
3	本土教育的重要性	18	欲按怎運用圖書館的資源
4	按怎落實環境教育？	19	語言的存在佮族群文化的保存
5	國際化佮本土化	20	樹頭待予在毋驚樹尾做風
6	我看臺灣本土語言的危機	21	欲按怎予臺灣人佇國際上徛起？
7	按怎解決流浪教師問題？	22	我對學生運動的看法
8	按怎提升個人的競爭力？	23	單親家庭的囡仔需要特別關心
9	按怎看待佮對待新住民？	24	十二年國民教育的實施敢有法度予囡仔放棄補習？
10	按怎保存臺灣文化？	25	肯定家己，勇敢向前行
11	按怎提升教師的專業能力？	26	細空毋補，大空叫苦
12	我欲按怎對外國人紹介臺灣？	27	全家若全心，烏塗變黃金
13	十二年國民教育的問題佇佗位？	28	趁錢有數，道理愛顧

| 14 | 欲按怎解決食安問題？ | 29 | 大隻雞慢啼 |
| 15 | 有心做牛免驚無犁通拖 | 30 | 好田地，較輸好子弟 |

民國 103 年 (2014) 全國語文競賽閩南語演說題目
【社會組】

編號	題目	編號	題目
1	花無百日紅，人無千日好	16	魚趁鮮，人趁茈
2	欲好龜跕壁，欲歹水崩隙	17	無風無搖倒大樹
3	萬貫家財不如一藝在身	18	流汗錢萬萬年
4	人牽毋行，鬼牽溜溜去	19	臺灣的建築
5	大鼎未滾，細鼎沖沖滾	20	青紅燈
6	骨力食栗，貧惰吞瀾	21	便利商店
7	樹驚爛根，人驚失志	22	敢通叫退休的爸母帶囡仔？
8	花食露水，人食喙水	23	難忘的手路菜
9	清彩一時，錯誤萬年	24	煮菜的經驗
10	加減抾較贏共人借	25	多元本土語，趣味實用有夠嬌
11	摸著箸籠，才知頭重	26	囡仔教我的代誌
12	膨風水雞刣無肉	27	貪伊一斗米，失去半年糧
13	豬岫毋值狗岫穩	28	拒絕的勇氣佮智慧

| 14 | 捏驚死，放驚飛 | 29 | 講話三角六尖，害家己傷別人 |
| 15 | 未想贏，先想輸 | 30 | 我上佮意的交通工具 |

民國 104 年 (2015) 全國語文競賽閩南語演說題目
【教師組】

編號	題目	編號	題目
1	咱欲按怎去面對高齡化社會所帶來的問題？	16	技藝佮智識
2	予咱的下一代具備國際競爭力	17	「向（ann）頭族」的世界
3	啥物步數才是教育的基本步	18	「愛」的智慧
4	科技進步佮搵頭路	19	一个值得尊敬的臺灣人
5	資源有限慾望無窮	20	一條新聞的啟示
6	文明無法度行翻頭	21	介紹你一本好冊
7	現代人和古早人所講的「家教」	22	臺灣的電視節目
8	我對母語的向望	23	本土語言的出路
9	人人愛顧環境萬物才袂斷種	24	印象上深的一節課
10	人無照天理天無照甲子	25	我上佮意的一句話

11	人腦佮電腦	26	我按怎看待天狗熱防治
12	囡仔那生那少欲按怎對症下藥	27	拄好就好，莫傷超過
13	有學生問題無問題學生	28	若閣予我教一遍
14	欲按怎突破教冊的困難點	29	做予正，較要緊得人疼
15	團隊合作勝過單打獨鬥	30	噗仔聲

民國 104 年 (2015) 全國語文競賽閩南語演說題目
【社會組】

編號	題目	編號	題目
1	用實際的行動愛臺灣	16	歡喜付出的人上幸福
2	臺灣上媠的所在	17	機會留予準備好的人
3	一本好冊予我的啟示	18	張持無蝕本
4	毛毛仔雨落久，塗跤嘛會澹	19	若無掖種，就無收成
5	少年拚出名，食老惜名聲	20	欲做總舖師，刀先磨予利
6	我上掛意的一件代誌	21	細空若無補，大空就叫苦
7	運動上補	22	有一好，無兩好
8	用心寫人生的劇本	23	食好食俗食健康
9	一暗無眠，三日趖神	24	咱欲按怎面對地球暖化的問題

10	用正面的思考面對挑戰	25	論公共設施的有效利用
11	做囡仔性命中的貴人	26	我看咱臺灣的社會福利制度
12	愛，需要講出喙	27	我看咱臺灣的選舉文化
13	一件轟動社會的新聞	28	我看近年來咱臺灣的烏心油事件
14	日常講母語，對我來做起	29	論未成年人染毒的嚴重性
15	凡事攏是上好的安排	30	我所了解的臺灣歷史

民國 105 年 (2016) 全國語文競賽閩南語演說題目
【教師組】

編號	題目	編號	題目
1	千金買厝，萬金買厝邊	16	予我印象深刻的諺語
2	我按怎看待臺灣人排列搶買物件的社會現象	17	人咧做天咧看
3	囡仔攏是綴爸母的跤步大漢的	18	予我印象深刻的歷史故事
4	「個人意識」參「社會共識」衝突的時	19	一本我上佮意的冊
5	著按怎培養學生的思辨能力	20	我對多元家庭的看法
6	是毋是有通「選擇」就是「自由」？	21	臺灣旅遊的經驗

7	人追求「幸福」敢算「自私」？	22	有量才有福
8	未來人生欲翱迌行踏的清單	23	誠意食水甜
9	我對老人長期照護問題的看法	24	我對臺灣教育改革的看法
10	「炊粉」較著抑是「米粉」較通？——我看商品名稱的意義	25	我對臺灣選舉的看法
11	較老，都愛有夢	26	我對臺灣公共建設的看法
12	「作弊」對個人、對社會的影響	27	我對臺灣環保問題的看法
13	「教師評鑑」著按怎做才有意義	28	我對臺灣老人福利實施的看法
14	會做翁某敢一定著透流？——我看臺灣「離婚率」的趨勢	29	予我印象深刻的學生
15	社會公益活動按怎才會當永續	30	我教冊的感想

民國 105 年 (2016) 全國語文競賽閩南語演說題目
【社會組】

編號	題目	編號	題目
1	食果子，拜樹頭	16	臺灣人的人情味
2	虎死留皮，人死留名	17	現代人愛有的素養
3	我理想中的臺灣	18	保護環境，疼惜臺灣
4	荏荏馬也有一步踢	19	手機仔佮現代人的生活
5	臺灣高齡化社會的因應之道	20	若準時間會當重來
6	人情留一線，日後好相看	21	敢做著敢擔當
7	盡人事，隨因緣	22	疼惜咱的序大人
8	海水無唳毋知鹹	23	按怎面對人生的不如意
9	大自然的啟示	24	有喙講別人，無喙講家己
10	倖囝不孝，倖豬夯灶	25	一件使人感動的代誌
11	天無絕人之路	26	歡頭喜面對每一个人
12	萬事有起頭	27	疼惜家己，關懷別人
13	我上佮意的社區	28	千算萬算毋值天一劃
14	心情故事	29	花無百日紅，人無千日好
15	我的快樂之道	30	使人懷念的古早味

一、展開笑顏有備而來

閩南語即席演講是在極為短暫的準備時間內,能夠全盤收攏自己的思想,並將其融入後發表談話。即席演講是沒有事前準備講稿,沒有現成為你提供任何的材料,完全憑藉著自己的人生閱歷、儲備的知識與才能,現場即興抒發自己對講題的思想、觀點看法和理論。全國語文競賽閩南語演說教師組與社會組均採即席演說的方式,於上台的三十分鐘前抽題,相較於學生組為事先公佈題目的方式完全不同,是以詳細閱讀其比賽規則就更顯重要的。

二、代表權取得的準備

建立你慣用的筆記

去文具店找一種你自己喜歡的、或一向慣用的筆記本。我會建議使用活頁紙的形式,除了方便隨時增添資料之外,更可以隨意抽換筆記順序。筆記頁面大小以 A4 較方便,便

於攜帶也有較多的空間紀錄；但也有人喜歡用二孔式 50 開資料卡，雖然資料夾開本大小隨意，但是最好以一頁能寫完一題大綱為準。

　　而且，要養成一張資料紙只寫一題的習慣，千萬不要在一張紙上圈圈畫畫了好幾個區塊，容納不相干的題目與內容。試想一下：一張紙上正反兩面寫了兩種截然不同的內容，下回要整理分類時，要將這張紙頭歸在哪一類才好？若是真的不得已，一張紙頭正反兩面寫滿了雜七雜八的東西，最好的方法就是別偷懶，不厭其煩地將這整張紙上的東西分別謄寫在不同紙張上吧！

　　筆記本確定了，就要開始將它當好朋友，隨時帶著一疊空白筆記紙，方便隨時記錄各種發想與心得。大家都知道，靈感總在不經意的地方出現，在練演說的日子裡，應當念茲在茲、行走坐臥都會想到語文演說相關的事項，將臨時想到的東西隨手記下，也許那句話就成為日後演說比賽時的致勝關鍵呢！

　　有些人覺得一頁頁手寫來建立自己的資料庫太慢了，乾

脆買幾本作文大全當靠山，豈不更穩當？作文大全一類的範文書，並非不能參考，但要謹慎的參考。一個原因是那些範文跟你並不熟、語句運用和描述方式也許與你平常慣用的說話方式格格不入（沒經過「口而誦、心而惟」的消化，就如同不是自己生的，隔了好幾層）；另一個原因是評審老師或許對那些作文大全比你還熟呢，若是偷個一兩句來用也許還好，整篇整段的移植為你的演說內容，被評審老師的法眼看出來了，就丟臉了。再者，大部分人買來作文大全，就是隨便翻翻，然後供在桌前權當門神級書擋了，這不叫「準備」，這叫「掩耳盜鈴」求心安而已。

總歸一句：演說者不要想依靠別人為你準備各種資料，還是自己乖乖做筆記最好。

找一個你喜歡的古人來仿效

找一個你喜歡的古人，研究他的生平事蹟與著作，愈詳盡愈好，引用古人的觀點再加以發揚，既不會有「侵害著作權」的問題，也能立即提升自己論點的高度，正是古人說的「登高以望遠」。如果研究到最後，你移情別戀，發現自己

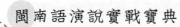

已經不喜歡他了，怎麼辦？別擔心，他可以當備胎，而且絕不會有爭寵吃醋的問題。

在演說中引用古人的話語上，有些是常用熱門人選。

哲學方面：孔子、孟子、老子、莊子都是熱門人選；教師組與教育學院組則最愛用韓愈的名言：「師者，所以傳道、授業、解惑者也」做開頭。外國哲人則有柏拉圖、培根、笛卡爾等。

文學方面：李白、杜甫、白居易、蘇東坡都有人愛，國外的詩人則以泰戈爾最有名，因為他的《漂鳥集》被翻譯得典雅又能琅琅上口。

科學方面：愛迪生、愛因斯坦、牛頓和萊特兄弟都很吃香，建議可以找些不一樣的人物如研究電力學的尼古拉・特斯拉或研究自然生物的尚亨利・卡西米・爾法布爾等。

現代版古人如史提夫・賈伯斯，一生事蹟也常被引用。以上所述人物，因為常被引用，所以大家也實在耳熟能詳到耳朵快長繭了，建議可以「供參、備查」，但請你另找不那

麼常被請出場的古人，以免不慎與其他選手「撞偉人、撞名言」。

另外，如果你對音樂、美術、舞蹈，或桌球、游泳、扯鈴、跳繩，還是彈古箏、吹長笛、發聲樂有研究，請在相關領域裡找出前輩翹楚，細細研究一番，然後設法在你的演說裡介紹這位專才，不但建立了你自己的特殊性，想必更能達到引人入勝的效果。

前面演說者提過的人物故事，最好不要再拿出來講

許多人喜歡找媒體大眾的寵兒來做為舉例對象，媒體上紅及一時的熱門人物固然名聲響亮、眾所周知；也因為大家都知道，所以當你引用不恰當、或者被前面號次的選手一再提起時，總會讓聽眾覺得你在「拾人牙慧」。所以，儘管準備自己的演說稿專心致志之際，也要分些精神聽一聽在你前幾位選手的演說（依照三十分鐘準備原則，在你抽了題準備演說到真正上場中間，會有三至五位選手上場演說，除非你是前三號選手）。一旦聽到與你準備引用的名人，最好立刻

把內容換掉，改另一位名人；如果真的無法改掉，就要設法從另一角度來講述這位名人事蹟，切忌用相同的人、相同的故事，這會讓評審覺得「你真的沒有其他人事物可說了嗎？蒐集的資料太少了喔！」

再者，想要引用名人事蹟前，請先查證清楚明確，不可只憑一模糊印象就胡亂加油添醋，也許台下的評審，正是對你所提出的名人頗有研究呢！張冠李戴、隨便說說，可是會被看出來的呦！所以，事前準備的工夫要做足，筆記要詳盡，查證資料千萬不能只參考一處，尤其是網路上的資訊，要多查證一些，否則引用了錯誤的資訊，是件難堪的事呢！

 多多觀摩別人，模仿是學習的第一步

觀摩別人的演說，看錄影也好、現場觀摩當然更讚，就是要觀摩別人是怎麼發揮題目？怎麼鋪陳與陳述自己的觀點？

歷年全國演說與朗讀比賽都有錄影，而且可以購買，網路上稍一查詢，你就可以發現了。（別問我販售所得歸誰？

我只知道在填寫報名表時，選手們必須另行簽定「著作權授權書」，意思就是你在這場比賽中的演說、朗讀、作文及書法等的著作權，已經屬於比賽主辦單位啦！）

　　我會請學生仔細觀察別的演說選手的儀態、音調、表情和肢體語言，看錄影的好處，就是可以隨時暫停、倒帶、再看一遍；你可以一句一句跟著複述，學習聲情的表現；也可以一段一段分解了來練習。接著請學生把觀摩對象的演說內容寫出大綱，從分析別人的演說大綱中，了解口說作文的組織架構，寫一寫別人的演說稿大綱，再分析一下，人家為何如此呈現？想一想，如果是你，你又會如何安排敘述的順序？多做幾次架構的分析，你會發現自己成長頗快喔！

千萬不可以把別人的演說內容原封不動的搬過來用

　　有些人在看了別人的演說之後，覺得那篇真是太好了，或是那個引用真是太美了！就把它背了起來，準備下回也拿出來用。

請不要忘記有個叫做「著作權」的規定；再者，評審老師一定對若干年之內的演說都看過了，連筆者這樣記憶力不太好的人都能告訴你，你「借用」了某年某名次的演說內容，聰明又眼光犀利的評審們當然也都清楚記得了啊！在全國賽的場合，「借用」別人的演說稿是貽笑大方的事，所以，觀摩的方向要對，應該學的是內容組織架構、表現手法和儀態，千萬不能照本宣科，像影印機般複製。

 ## 同一個題目，最少要練講三次

正所謂：「文章不厭千回改」，演說也不怕千回練。說「千回」是誇飾法，其實，同一個題目練三遍，就會發現箇中差別了。一個題目，不要以為講完一次就沒事了，聽過指導老師的講評，再回頭看看自己練習的錄影片段；凡是自覺有不足、可以修改的地方，就要統整起來，重新安排之後，不吝惜時間精力，再講一次。就算是對著這同一個題目，砍掉重練，重起爐灶去詮釋它，也是不錯的練習。

有些人覺得題目已經五花八門、包羅萬象了，這麼多不同的題目，每題一練，練都練不完了，哪有時間力氣去對同

一題一講再講呢？其實針對同一題目多次練習，換來的不只有精熟一個題目而已，你可以在多次重複練習中，對聲情、肢體語言的表現，有更深刻的體認，進而對自己說話表達的方式，有更精準的掌控。

另外，現在智慧手機普遍，人手一機，隨手錄影也很容易，我們要善用高科技的優勢與便利。以前只能要求選手對著鏡子說話，結果許多選手只能窩在家裡的浴廁間練習，或對著臥室裡的穿衣鏡練演說。偏偏浴室和臥室給人的環境氛圍差太多，常常講到「感覺怪怪的」。現在可以在正式的講台上練演說，用手機錄影起來，自己慢慢觀看，既方便又可以重複看；甚至於利用網路傳輸，把自己的演說錄影傳給指導老師……遠距教學於焉產生。

回顧自己的演說錄影，需要很大的勇氣，是一種深刻的內省功夫。許多人在一開始總是打死也不願意回顧自己的演說錄影（倒是對觀摩別人的錄影興致高昂），心理上覺得彆扭。但，回顧一次，勝過盲目練講多回啊！往往指導老師說了某口頭禪要拿掉、身體姿態會習慣性的歪一邊或只用一手做手勢等等，演說者自己毫不自覺或總改不掉，看完自身的

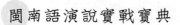

錄影之後，才能真切的改變它。

拜師學藝要先「拜師」

這裡所謂的「拜師」，並非一定要找一位老師來教，如果真的沒有老師可教，如何是好？

很簡單，先在心中設定某位你曾為之折服的演說者（或教學者），在心理圖像中，時常浮現他說話的樣貌，自然而然，你的動作表情與表達方式，就會有了那人的影子；此為「拜師」（有點兒當年孟子私淑孔子的味道，孟子自稱以孔子為師，他們可是相差了兩代人，根本來不及見到面呢！）。

「拜師」是快速建立自己風格的一種方式。雖然另闢蹊徑、自成一家是演說的最高境界，但面對那迫在眼前的講台，有時「拜師」是個不錯的捷徑，它可以讓你穩穩地上台，順暢流利的演說之後，又能微笑的下台。

有些發音不太標準的選手，也可以拿朗讀選手的錄影來「拜師」。照著朗讀者朗讀的發音，一字一句跟著唸，最後

練習用自己的聲情來表現同一段話。這樣多練習幾次，糾正發音的速度可以加快。

「拜師」不限一位老師，學習也不限一種方法，最重要的是要誠心學習、願意修正自己的缺點，如果起心動念是願意修改，則自然能改；若只是心不在焉、被迫而為，則神仙難救。

參加語文競賽，五項都該練一點

語文競賽的項目針對讀說寫作而來。項目為演說、朗讀、書法、字音字形和作文。雖然目前的比賽規定每位選手只能參加一項比賽，但是，身為選手不能真的只練那一項，多多少少還是要涉獵一下其他項目。

練演說的選手，也該練練朗讀，藉此矯正發音、練聲情；更該練作文，用以練習解題、擬大綱。

練朗讀的選手，也要練字音、字形，以免抽到一整篇有太多生字的文稿，連查字典的時間都不夠；那就糗大了。

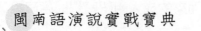

練字音、字形的選手，也要練書法。不但要擁有一筆好的、書法級的硬筆字，還要求寫字的速度夠快，這樣通篇字形結構勻稱的答案卷，會讓閱卷老師批改順暢，也減少因筆畫錯誤而被扣分的機會。

練作文的選手，書法固然要練，演說的鋪陳方式也要學。

練書法的選手，書法講究通篇文字要有「文氣、筆意」，練字音、字形和作文，可以讓書寫者更明瞭整篇書法內容之意境，使得通篇書法更活躍。

所以啊，當你練習某項比賽項目練煩了，換換練習方式也不錯，說不定還會有新發現喔！

三、國賽的準備——長期

關於演說，最重要的還是內容。翻開演說比賽評分規則來看：

語音（發音、語調、語氣）佔40%，

內容（見解、結構、詞彙）佔50%，

台風（儀態、態度、表情）佔10%

　　仔細分析，語音和台風部分應該是平日練習，就可以準備充分的，內容部分就要好好探究了。內容是演說的靈魂，一篇好的演說，自然是內容打動人心。

　　從演說內容評分項目來分析，評分項目包括「見解、結構、詞彙」。所以個人見解很重要，演說時提出的見解，想要能出奇創新。有獨到的見解，就是靠平日的積累，除了多閱讀之外，多發表也是很重要的。閱讀是將別人的觀點內化後、分析思考、打開視野廣度、增進思考深度，讓所閱讀的內容成為自己觀念的一部份；但如果只是「讀」（輸入）、卻沒有「講或寫」（輸出），還是會有滿腹經綸、卻不知從何說起的窘態。所以，「輸入」固然重要，「輸出」也必不可少。

　　剛開始的「輸出」練習，不論是練習說或是練習寫，可能一下子不成篇章；不要想一步登天，正如俗諺所說：「飯要一口一口吃、路要一步一步走」，剛開始面對演說題目

時，可能只想到一、兩句名言佳句或俗諺，沒關係，先把它記下來。再用擴散性思考的聯想方式，先做聯想。當聯想歸納成整篇演說的骨架之後，一段段建立起有血有肉的內容。

四、國賽的準備──中期

既然參加的是閩南語演說比賽，就該把閩南語說標準。

有句俗話說：「演什麼要像什麼。」同樣道理，參加哪一種比賽，都該遵照那項比賽的規則，別自作聰明的把比賽規則曲解了。我常聽見選手在閩南語的演說比賽時摻雜華語或英文，甚至是英文縮寫簡稱；也曾經遇見選手自作聰明帶了一朵玫瑰花，打算演說開頭拿那朵玫瑰花當道具；這些舉動，都不能幫你加分，甚至成了扣分的理由。

「閩南語」演說，就是用教育部頒定的「閩南語」來演說。既不是網路通行的火星文，也不是家常閒聊時的搞怪聲調，至於古音、方言音、有學派爭論的字音，也不要拿來挑戰評審的權威，一切發音以教育部頒定的閩南語電子字典為

準，否則只是跟自己的比賽成績過不去。演什麼，要像什麼，既然參加教育部主辦的比賽，就該用主辦單位認可的方式；比賽選手切忌自行定義或想要與評審辯論，贏了不會加分，輸了只是自己打臉難看。

演說，著重在說。「演」字是形容「說」，不能帶道具上台；甚至於進入規定的比賽場，連電子產品、網路設備都不能帶進場，更遑論使用搜尋引擎或投影、影片一類工具了。這是和 TED 或坊間電視節目演說達人秀等等最大不同處。坊間電視節目為求節目效果，甚至容許演說者與觀眾互動、問答、應和；這些在正規的演說比賽中都是不允許的。有些人覺得這樣規定太嚴苛、不符合時代潮流；我個人倒覺得這才是最公平的比賽，大家都只能依靠自己平日的準備應戰，不靠谷歌大神或其他外來援奧，觀眾更不能左右演說者的表現。

再回過頭討論為何不能用引用英文，或其他方言、外國語文等非國語的語彙？

基本上外來語會都有相對應的翻譯，如 i-Phone，能直

接簡稱叫做「手機仔」，Microsoft-Word，簡稱叫作「文書處理系統」；除非像李安導演的大戲「少年 PI 的奇幻漂流」，真的非常特例、沒有把 PI 翻譯成閩南語，才可以講「PI」，其他基本上有閩南語對應翻譯的語詞，就不要再用英文來說。

也曾有選手問我，如果演說中間穿插了一段老阿嬤的對話，難道要把生動的語音轉成字正腔圓的口條嗎？這倒不必，適時適切很重要，如果是在演說中重現某一特定人物對話，內容比例一定要掌控好，畫龍點睛的一兩句會讓人印象深刻又不失大雅，用多了卻不討喜。

總而言之，參加的是閩南語演說比賽，就請用完整的口型、一字一句發標準閩語的音，好好地進行你的演說吧！這樣，才能讓人眼睛為之一亮，知道你是認真的，不是充數的。

即席演說的一大挑戰，在於它的「無差別格鬥」；從社會組到教師組，一律抽題，準備三十分鐘後，就上台演說。

至於所抽的題目方向？基本上橫跨天南地北、縱貫古今

中外，沒有一定的題材方向，但還是有相應的準備方法。

　　分析歷年的考古題是基本功課。但是每一年，都會有新題目產生，所以只研究歷年考古題是不夠的。

　　但是從分析歷年考古題目。可以讓選手在準備的過程中，有一定的把握和信心。所以，在練習基本功的準備中，有些內容方向一定要準備周詳。

　　演說，是發抒自己的觀點、陳述自己的見聞、表達自己的感思。其中就算博採眾人的意見，仍要彙整成自己的觀點。所以，演說常從「我」出發。但是，「我」有小我大我之分，層次是很重要的，眼光遠大，立論自然能成其大我，也才能讓聽眾有所感佩。

　　其次，人人都愛聽故事、不愛聽說教。想一想，台下的評審之所以能擔任評審，無一不是學有專精的箇中翹楚，平時想必也是對著其他學生諄諄教誨吧！

　　「講道理」對台下評審來說，可是家常便飯，演說的選手們又怎好在魯班門前弄大斧呢？你自以為完美、無懈可擊

的講道理，在評審老師們面前，可能卻是掛一漏萬、破綻處處呢。最好的方式，是「說故事」。即席演說從社會組的五分鐘到教師組的八分鐘，真的也不構成其一篇駢四儷六、四平八穩的論文，最好還是用兩個小故事來串連一個與題目相關聯的概念，只陳述一個概念就好，故事不妨帶得生動些，這篇即席演說就能引人入勝了。

五、國賽的準備──近期

因為選手們常孜孜矻矻的練習著一篇又一篇的題目，所以一定累積了許多的觀點和故事。但是，比賽時只能說一題啊！於是有些人會迫不及待地在演說時間內塞滿了先前準備的段落，拋出一個又一個的主題，急著想要展示給評審老師看。其實，一次塞進太多的內容在一篇演說中，是演說的大忌，它會模糊了所要陳述的主題，甚至於讓聽的人一頭霧水，不確定你說的到底是哪一項？大雜燴的結果是讓人覺得離題了。

「離題」是個可怕的字眼，它意味著，你的演說已被屏

除在評比之外，「離題視同表演，不予計分。」想想，這豈
不是得不償失嗎？

　　所以，選手在演說時要抱定一個想法：

　　「我的東西很多，我的演說可以多面向、全方位，但是
今天抽到的是這個題目，所以我單就這個題目來述說；如果
你覺得我的演說很吸引人，想要聽我講其他的故事，就請下
次囉！」

六、國賽時你該做的事

結尾要有力又漂亮，善用黃金 30 秒，適切引用名言是加分的契機

　　通常演說在最後一分鐘通知鈴聲響起的前後，就要準備
做結尾了。

　　有些人習慣把前面各段的演說標題再複述一次，以加深
評審的印象，也算是扣題；有些人則直接再複述一次題目，

告訴評審：「我現在回到原題目」。最等而下之的，則是又從題目開了新論點，以為這是出奇招的「壓箱底絕活兒」；其實奉勸大家，結尾是總結以上所述，並非開新論點的好時機。如果你有讓人亮眼的「尚方寶劍」，請一開始就放進你的演說內容中。曾經有學生告訴我，他常常在演說到了快結束時，會有新的想法跑出來，覺得不用可惜，就順勢提了出來，成了結尾的新觀點。我會跟學生說，那就請你把剛剛想到的新觀點再組合一次，重頭練習整篇演說，務必把你想要講的放在演說「之中」，而不是在結尾時突然天外飛來一筆，卻又因為時間不夠，無法詳細闡述，而讓人覺得奇怪。

想要有漂亮的結尾需要多練習，適切的引用名言佳句固然加分，但如果只是「為引用而引用」，佳句與前面所講述的內容不貼合，則反成敗筆，倒不如平鋪直敘來的好些。

請記得莫忘初衷

比賽前的種種煎熬、一次次練習、一篇篇筆記，都是為了上台那一刻而準備。緊張固然難免，但是若平時準備充分、練習夠多，自能沖淡緊張。帶著你的「秘笈」，穿上你

的「戰袍」，整理好自己的儀態，昂首闊步走進比賽場吧！自信很重要、氣勢很重要，自信與氣勢建立在先前的練習之上。

詳閱比賽規則很重要

全國語文競賽從初賽、區賽、市賽到全國賽，一路上來，最後能擠身進入全國賽的選手，莫不身經百戰。許多老師也是一年一年教導著選手，大家都對比賽規則熟爛於胸。所以，比賽前領到一本「選手參賽手冊」，也多是匆匆放進行囊中，以茲紀念罷了。

殊不知，魔鬼藏在細節中。可千萬不要因為自己經過多次比賽，也有多次的練習，再加上記不清次數的檢討，所以不用再浪費時間複習規則了。規則雖然每年大同小異，但這些小小的相異、修改處，就可能成為是否進到前六名、能否獲得更高榮譽的關鍵！就算比賽規則沒有改變，多看一次，加強提醒自己，也總是好的。

每當選手們剛報到完畢，進入選手休息室等待時，因著

興奮的情緒，坐立不安、四處探索者有之；忙著寒暄、到各處串門子的亦有之；埋頭忙著賽前衝刺、不停練習者，亦所在多有；在這樣喧擾吵雜的氛圍中，要想定下心神需要花費很大的精神力氣。而即席演說選手是最無所依憑的，既沒有範文可讀，也沒有範字可練，更沒有講稿可背；看來最無所事事的一群，就是這些即席演說的選手了。但是他們卻需要一個能安定心神的契機，除了禱告念佛之外，最好的由外而內安定心神的方法，就是「閱讀選手參賽手冊」了。

當你一字一句讀著比賽規則與注意事項時，如果某一段話唸完了還是覺得囫圇吞棗，不解其意，不妨停下來，回頭去唸第二遍、第三遍；這對了解比賽規則的用意、鎮定自己的心神，都有莫大助益。常常，心情惶惶然，且深受周圍興奮的賀爾蒙刺激的年輕選手們，在唸完選手參賽手冊之後，就能初步鎮定下來；這比指導老師辛苦解說引導，還容易讓選手進入狀況。

第五章
國賽指導賽前問答集

本書名為「閩南語演說實戰寶典」，筆者培訓國賽參賽選手，自國小、國中、高中、教師及社會組共五組選手，以下是培訓開訓以後，我和學員在群組中的互動談話內容。依主題區分為：開訓後問題、解疑、調整、稿件處理等整理如次，除提供自學者準備及問題排除外，期能分享不同角色所面臨的盲點，如文內面對事件的角度，與時間點的切入等，供讀者參考。

一、選手常見的困擾（問答集）

時間：國賽前兩個月集訓日

地點：市賽第一名參加全國賽選手培訓學校

人員：自國小、國中、高中、教師及社會組共五組選手，含學生組家長及原校指導老師

教材：市賽第一名參加全國賽選手培訓教材，計乙本44頁

課目：首章通識教育——閩南語字音提示與溝通

　　　次章文白發音導引

　　　轉變調與語韻使用

　　　尾曲學生組文稿定稿及導引

　　　教師組與社會組，作業為每日十道演練題目

洪老師：　首日見面後，課程的震憾教育，辛苦大家了。但是還是請大家一定要確保戰鬥力的延續，有問題就趁早提出來我們一起把問題解除，然後共同邁向全國賽的舞台喔，加油。

Q：　謝謝老師！請問老師，比賽當天的服裝要準備冬季的衣服？

A：　通常我們會準備合適的服裝。所謂合適的服裝是因為今年國賽是由臺南市主辦，而臺南的氣候是會比較熱喔，比賽前我們要注意天氣的變化來決定服裝的穿著，賽前老師會再到臺南一趟。回程後會跟各位報告現地情況，然後定裝。但為了免除當天的突發狀況，會請大家準備二至三套服裝，以備不時之需。根據每個人的抗熱程度給的建議是：「舒服，然後穿了會心情開心，但不建議花色太花喔」。

閩南語演說實戰寶典

Q： 請問老師，會場有冷氣嗎？

A： 不一定，因為承辦的學校會視該校原有設備而定。但今年在長榮大學比賽，該校教室雖然有安裝冷氣機，但比賽時，不一定會開機。

Q： 我們是國小組的演說選手，演說過程有那些事需要特別注意的？

A： 要注意咬字喔。

改進的方法，就是要把速度放慢。

另外，妳今天演練時我發現，當妳的眼神中含有疑問時的那種表情特別的經典。你看一下貴校老師拍的錄影，然後回味比兩個眼睛那個動作時的俏皮模樣，你做的到的。那天比賽結束以後，我有看到你的表情喔，所以大膽的做出來。

那就是你的賣點。

演說的時候要改變不夠專心的眼神。

你是我第一個想帶去車站前廣場練習的學生，因

為專注力不夠。

Q：　那高中生和國中生如何找賣點呢？

A：　高中生和國中生從我的角度看上去，每個人都有
　　　最佳拍照的面相。那會讓你在鏡頭前最美最帥，
　　　那就是你們的賣點。
　　　今天大家傷的傷、病的病（教師組選手感冒失
　　　聲、社會組眼睛受傷）。
　　　請在比賽前調整完畢。
　　　先病完把所有好的一面全留在國賽當天。
　　　請各位選手調整工作配重，將整個重心在近期之
　　　內就移轉在演說上。
　　　大家的稿子如果有大致調整過後，要寄給我。
　　　學生組的稿子暫時不會分享給大家。
　　　因為是各組自己的寶典。
　　　賽後才分享，稿子會給即席的社會組跟教師組各
　　　乙份帶進會場。

教師組跟社會組要開始記錄班上，工作上溫馨的小故事，還有社會新聞剛發生的事。

如近日無颱卻成災。

天然災害中許多地方能看見人間的溫情。

人情、環境、教育都能用上了。

最能感動人的是自己的故事。

日久他鄉變故鄉、新住民的議題。

數據。

你兩分進合擊。

以小學教師觀點看新住民生活和親子教育的議題。

比賽前大家都不能吃油炸的食物，不能吃辣的或太甜的食物。

國中生的瀏海，我們一起研究一下讓髮型能再自然點。

Q: 老師，那我想剪回短髮的髮型，可以嗎？

A：　可以，但要提早剪，因為剪髮後要一至二週調成
　　　最佳髮態。

　　　你有考慮要傳結婚照給我看嗎？

　　　我說真的。

　　　因為可以比較一下。

　　　你拍婚紗照時想說一生就那麼一次，一定想以最
　　　帥的狀態拍出最美的照片，那就是最佳狀態。

　　　但要搭西裝喔！男人的西裝就最正式了。

　　　南部天氣熱，你穿得住嗎？

　　　若嘸，就開始習慣。

Q：　老師，手機仔裡相片傷濟。

　　　攬著才閣傳予您看。

　　　您幫我決定，拍謝。

Q：　西裝……應該可以啦？

A：　面要亮。

　　　領帶要提。

加上像軍人一樣的亮鞋。

Q： 是要開始敷臉的意思嗎？

A： 我是有喔，賽前我都有保養。

也有敷臉。

上妝較容易。

帶臺北的選手都會上髮油，抓一抓造型，比賽當天我們都四、五點就起來排隊上妝，然後帶選手開嗓。

Q： 亮鞋我還有一雙。

A： 準備好上戰場。

花若盛開，蝴蝶自來；你若精彩，天自安排。與大家共勉喔！

Q： 能夠到全國賽的殿堂，各位選手真的都是菁英了，今天看到洪老師為各位選手的提點跟精雕細琢，真的讓我覺得讚嘆，大家還有什麼要注意的呢？

A：　今天大家都只練習一篇還不夠，我還沒法全心抓

　　　住你們每一個人的特質。女選手要能把妳柔的部

　　　份抓住，那也是妳的賣點。

　　　我要知道你想的是什麼。用比較多自己的例子跟

　　　想法。會很好，到時候比較好背，然後容易發揮

　　　感情。

　　　那正是我要的。

　　　我要你們開始想一件事。

　　　你們有什麼地方勝過別人。

　　　知道意思嗎？

　　　就是……優勢的意思。

　　　你目前的情況沒優勢，但不表示未來不會有。

　　　優勢可以創造。

　　　只是如何激發。

　　　承認自己的不足，然後對症下藥。

　　　錯就改，輸就追。

　　　不難。

二、指導老師面臨的困擾

當發現選手們作業都未交，我寫下了這封給選手的信。

各位親愛的戰友們，我是傳宗。

幾經昨夜翻來滾去無以成眠的情懷後，傳宗決定起身寫下這樣的一封信。你們知道嗎？當你們決定要讓自己背上了基隆第一的頭銜之後，我們所代表的不只是自己了，如同我首肯接下各位的指導老師，我給自己的期許是幫助你們在這相當短暫的時間裡面，去完成別人認為不可能的任務。

而這幾年我也陸續的做到了，完成歷年來不可能的任務，我知道大家都很忙，但所有的人都很忙，老師希望，我能引發的是一種態度，一種對自己生命負責的態度。身為老師沒有放棄任何一個孩子的權力，因為我要給所有的第二名交代，也為你們肩膀上所扛下的第一名頭銜做最好的詮釋，那就是以你們國賽的成績，告訴他們我的選擇是對的，也告訴他們在基隆第二名也有可能成為國賽的頂尖，因為有一個強大的第一名已經在國賽的成績單上開花結果。

我本身也是選手出身，我知道各位都很辛苦，更知道大家都很忙，但沒有辛勤耕耘的過程與艱苦，是無法揮汗收割的。這讓我想起喆希一家人，晚上風雨無阻的到臺北，等待我從忙碌的事務後回到臺北的住所，以往的我回來後是不可能再出門的，但看著孩子努力了許多年，卻連一次國賽的前六都無法進榜，我心軟了。冬天下著雨的深夜陪孩子練習，坐到店家要關門了一一的趕人，孩子忍住睡意、放棄考試，只為對這個比賽的堅持，我終究還是再次心軟了。

　　喆希幫我上了一課，前年她不負眾望我們一舉拿下了全國第一，賽後多少人爭相分享她的成就。十年寒窗無人問，這孩子的努力，我一點一滴的看在眼裡。因為寒風中打溼了我們的身卻堅強了我們的心。去年體制的驅使，讓她只奪下全國賽第二，雖未同她提及，我自責哭了一整個月，總覺是否因為自己的盛名，而害了這孩子與第一擦身而過，致使今年對她，我有許多的時間思考著該怎麼辦。終究對你們每個人，我都當成自己的孩子來看待，也都希望你們能拿到好的成績。

　　相較於培訓多且早的縣市，他們有更多的時間去準備跟

調整，市賽張力不比國賽，其間的過程是一場毅力與耐力加上決心的戰鬥，和與你比賽的對手跟你自身都是。昨天，看完了大家的表現，如若是別人可能開始了棄誰保誰的想法。但我，仍肯定的告訴大家，會帶領大家一起前進國賽，所以也為大家訂了作業進度，那是我認為最保險拿下名次的做法。41 天決定未來的一年，41 天換一年再重新來過，也算是公平的吧？上天把選擇權回歸給各位，但若你放棄了，昂首企盼的市賽第二名明年亦將捲土重來，機會還是會站在你這嗎？還是我們又再來一次，我就是基隆第一怎樣的戲碼？我們總是輕易的放過自己。

喆希決定隻身取經臺北，帶著她一路走來的我又是地主，我看在眼裡疼在心裡，孩子有勇氣面對，我沒有理由不幫她，我想我是上輩子欠她的吧，至少我是這麼告訴自己的。

這次我沒輕易的答應了，因為至此我不知道孩子的心理想要的是什麼，也許閩南語演說這次對她而言只是一個對大人的交代，那麼請安心的回到你們的生活軌道上，就讓母語真的成為落日餘暉。這本來就不是青澀年華的我們所該承受

之痛。放下民族情懷，捨棄個人的想法，回到學校你能自豪的告訴大家你是全國第七，因為只公開的是一到六名。但親愛的學員們，那個痛是會跟著你的，曾經帶過的孩子，因為一次的敗北，終身不願意再接觸閩南語演說場域者，大有人在。曾經孩子在賽後打電話給我說：老師，我好想自殺。我才知道，原來自己的責任，不只是老師，更是你們身後支持走下去的推手。

13 號晚上我感冒吃過藥後，本該惜命遵循醫生的囑咐上床，但我還是因著數日忙碌，未善盡責任做好教材的不安，抗拒睡神的招手，起身做了 44 頁的講義。有時我真把自己當神一樣的使用。凌晨，一頁一頁的彩色列印，有我滿滿的期待，隔天淑清老師驚豔的眼神，讓我知道，我的累是值得的。

雖然沒睡幾個小時，但我一如往常總是第一個到達上課會場，我深怕哪個和我一樣早起的孩子，因為興奮早到卻不見有人迎接而失落了的感覺。別說不可能，因為我就曾經是那個失落的孩子。七點多的仁愛連鳥兒都因風雨晚起，六年前的今天，我在基隆另一所學校的大門口等待開門，喆希全

家出現在雙線道外的那一頭，從此我跟這個咱家奶奶的故鄉綁在一起，分也分不開了。不能否認我在仁愛的等待時間裡，不時望向單向道的彼方，期待著另一個早起早到喆希的出現，警衛親切的揮手：「洪老師你也太早了吧？」同車的老師訝異於我連警衛大哥都那麼熟悉之餘，深不知這些年，我已無償默默的當那個別人口中的呆子多年了。第三位到的老師熱情的問候；並關心我第幾次參加比賽了。我熱情的回說，我九十幾年的時候就被禁賽了，已經擔任許多年的指導老師了，她以抱歉的眼神回應著我。我心中想著原來基隆還有人不認識我的疑惑。原來這些年我真的很低調，哈。

校門口那個賣早餐的老闆娘，見我高站在學校二樓的穿堂，還不及脫去圍裙，急忙揮手熱情的招呼，她的孩子是閩南語朗讀前些年我帶過的選手，每次的指導日，我總會站在店門口，等待學校學生都下課了才進入到校園。有一天，一個孩子靦腆的從店裡面走出來，拉著我的衣角，這平日不太愛說話的學生羞澀的拉我進入店內，老闆娘說她已經打量我好幾個星期，想了許久，才敢出來邀請平常高瞻不敢一視的老師，承蒙學生賜坐，我結束了每天半個多小時的罰站。也

還好面對這陌生的男子每日站崗，媽媽說她還差點報警呢。

　　永遠記得那個悠閑的午後，走在人潮洶湧的碧砂，一個親切洪老師的呼喚聲音，讓我驚覺自己穿的太輕鬆了，我的背影被明智的父親認出，並且熱情的將我拉進店內，孩子安靜的幫店裏坐櫃檯，身旁是我上課時為他們準備的閩南語演說導引。原來教育真的是那麼任重而道遠，而這也正是支持我一路走下去的動力，也是孩子們教會我的，我們從未放棄彼此。那日評審時，鄰座的評審問我說：「怎麼辦，他沒當過評審是第一次」，我開玩笑的說：「所以我們才會一起啊」，賽後評審的講評，我列舉了選手們的 44 項缺失與建議。他見我在評分表上逐一且完整的記錄了選手的優劣態樣，賽後特別開車載我去車站，並詳問我他心中長久以來對字音的疑惑，不捨我下車的情感滿溢。

　　就如同今年市決賽，一同擔任評審的明鏡，發現我出現在評審席上她開心的說：「老師太好了，有你在，我跟新北的陳老師就不用講評了。」之後講評完開放大家提問題，更是我面對基隆向來無法改善的舊瘤（按：指基隆一直有他們堅持認為的基隆發音問題）一個新的嘗試。年來各縣市的評

審邀約日繁，選手的問題也大多能立即給予正面的回饋跟建議，然而這次還是第一次，有工作人員舉手提問，對閩南語文白音引發爭議的部份，他說他一直找不到人為他解疑，回答了他的問題之後，他的笑容開了，我打趣的跟他說：我明年要看到你報名喔！

第一天的集訓，選手們 3 個準時到達、2 個還能接受，我們展開了閩南語演說的 42 天抗戰，謝絕了評審的邀約，只為了遵守指導老師不能擔任評審的國賽規定，且不管別人的作法，我們認份的做好我們的本職，在公平的場合裡用我們的努力，來承續閩南語這個母語的續命力，閩南語沒有致癌，因為還有我們，連我這個外省第三代和純種在地人結合產下的母語人，都能跟著大家一起努力，為守護母語的工作盡心盡力，站在傳承的第一線，誰還敢說母語得癌了。

日久他鄉變故鄉，祖父一直到身故，都未再返回他的出生地。他用行動告訴我們這群後輩，要善盡自己的責任。十幾年前，我和那群自認對母語有責任的熱血戰友們開啟了我對母語的大夢，而今我仍堅守著這樣的承諾，且不管他們是否還在無私的奉獻所學，至少這條路上還有你們全都陪伴著

我一起前行。從獲獎被禁賽、擔任指導老師、獲邀擔任評審，從參賽選手與評審老師不同的角色，從臺灣頭到臺灣尾、從本島到離島，從臺灣到出國擔任國際華語競賽，我也是唯一獲邀出席擔任評審的臺灣人，從一個最高行政機關主官退休到至政大任教，和學生一同沉浸在浩瀚的學海中，母語承續著死去的祖母和母親給我的血脈責任。所以，從第一屆的母語文學小說獎到接下來的散文、新詩，我不再缺席。

某日評審時，幾位國賽評委好奇的問我這生面孔：老師，您怎麼稱呼？我回說：我是洪傳宗，請老師們多多指教。老師們說，沒想到看過我的文章，卻一直沒機會見到我的人，今天終於看到了我的本尊，老一輩的老師也告誡我要多寫，以承續母語的使命為己任。傳宗何能，一部作品讓當年大家紛議，且將名諱收錄於當年的臺灣文學年鑑之中。今年，是我法定告別青年的一年，明年的青年節就不是為我而設的了。孩子們，我不擔心，因為還有你們，如我出世踏入母語的懷抱裡，那刻起我已與母語結下了一輩子的情緣。好了，我該去盥洗了。

臺北的雨依然多情的傳遞著我的祝福，聽說過年前都不

擔心缺水了。而你們並不孤獨，因為曾受其他縣市選手們戲封「臺北戰將」的我，一直都陪伴著你們。此刻，基隆的雨如是，總在思念的季節中認真地思考著未來。

期盼此次的國賽因我愛的發電，讓你們溫馨滿滿，成績滿滿。

三、比賽前的身心調整（問答集）

距離比賽的時間愈近，將面臨那些狀況？

> Q：　洪老師，一早起床寫稿，看到您一席語重心長的話，真愧疚昨日未交作業，昨天下午開始發燒，昏睡至傍晚，晚餐後也提不起勁來做事，一早看了，真是驚訝，如此拼命用勁的老師，市府是怎麼挖到的？！服完藥精神些了，開始寫作業，說真的，20篇是不可能完成的任務，我盡力。

A：　請大家以身體為重，沒有操爆你們的意圖，只是

做的愈足，你們上場愈安心。

恨不能化身小精靈，陪你們上場，守護你們。但身為師父的我，一定要幫你們的包包裝滿，才能稍稍安心。我會在出口等你們，因為你們不寂寞，從早比到晚，比完的那刻，幾個月的努力這才鬆一口氣，所有的努力只為了那一刻的榮耀，我要你們領獎開心的落淚，而非悔恨沒能多盡一分力，而與成功失之交臂。

求學階段的我，總為沒遇良師引導，不知為何總無法脫穎而出，久久未能突破瓶頸。所以，總會希望能幫大家一把，教過我的老師告訴我要留一手，但我總認為全盤送出後，也才能砥礪自己求新求變不斷向上。政華教授的一句話：「傳宗，在我有生之年，真希望把歷年來所有得到第一名的選手集合起來，讓他們跟你比一場，那一定很有看頭。」老師的一句話雖隨性，但我一直把這放在心上，有一天我們也再一次的把大家聚在一

起，痛快的比一場。

Q： 學生組的稿子大約要多少字數呢？

A： 先了解你自己練習時習慣每分鐘幾個字？通常一
分鐘約 170 字左右，乘上你的時間幾分鐘。

結語

我常跟選手們說，比賽名次是一回事，開心比名次重要；但若是真的能微笑上台、開心的下台，通常名次也不會太差。

因為國賽資格取得不易，參賽選手都是各縣市比賽的第一名（人口眾多的直轄市六都，都分南北區，南北區各派一名選手，也還是六都南、北區的第一名），所以競爭相當激烈。於是，國賽評分準則，不是只評判出前六名即可，而是要將選手們排列名次，從第一名排到第二十八名，分數不得重複，名次也必分順序。為求分數確實，每一組別都邀請四位評審，四個分數是可以整除的，就是為了評分無疑義。

全國語文競賽分三種獎狀，第一種獎狀叫做「參賽證明」；第二種獎狀是得分超過八十分、但未達到前六名者，給予「榮譽狀」（嘉勉表現良好之意）；第三種獎狀就是前六名啦！

第六名以降，雖然名次並未公布，但是用名次換算而成

的積分，卻可以查得到。積分一覽表會由大會直接公布在比賽網站上，各縣市領隊用專用的帳號密碼，即可查詢得到；因為各項比賽的積分，會成為各縣市的總積分，最後還有團體積分獎。

微笑上台，是因為準備充分、胸有成竹，很清楚自己要演說的是什麼；等到講完之後，因為對自己的表現感到滿意，自己做了一段讓人印象深刻的演說、任務圓滿完成，所以能開心的下台。

要想達到「微笑上台、開心下台」的結果，「勤練習」是不二法門。

你覺得練多少才算「勤」？筆者常言：有的選手連續參賽兩、三年，每天都在練，而我從出生那天就開始在練習了！

國家圖書館出版品預行編目(CIP)資料

閩南語演說實戰寶典 / 洪傳宗，胡蕙文著.
-- 初版. -- 新竹縣竹北市：方集， 民107.04
　　面； 公分
　ISBN 978-986-471-143-7（平裝）
　1.閩南語 2.演說術
802.5232　　　　　　　　　　　　107003940

閩南語演說實戰寶典

洪傳宗、胡蕙文　著

發 行 人：蔡佩玲
出 版 者：方集出版社股份有限公司
地　　址：新竹縣竹北市臺元一街 8 號 5 樓之 7
電　　話：（03）656-7336
聯絡地址：臺北市中正區重慶南路二段 51 號 5 樓
聯絡電話：（02）2351-1607
聯絡傳真：（02）2351-1549
電子郵件：service@eculture.com.tw
出版日期：2018（民 107）年 4 月　初版
定　　價：新臺幣 300 元

Ｉ Ｓ Ｂ Ｎ：978-986-471-143-7（平裝）

總 經 銷：易可數位行銷股份有限公司
地　　址：231新北市新店區寶橋路235巷6弄3號5樓
電　　話：（02）8911-0825　　　傳　　真：（02）8911-0801

版權聲明：
本書由方集出版社股份有限公司（以下簡稱方集）出版、發行。非
經方集同意或授權，不得將本書部份或全部內容，進行複印、轉製
或數位型態之轉載、複製，或任何未經方集同意之利用模式，違者
將依法究責。